W0467787

Martina-Marie Liertz

Januarrot

Martina-Marie Liertz

JANUARROT

Thriller

CRiMiNA

Printausgabe gedruckt auf säurefreiem,
alterungsbeständigem Werkdruckpapier
Printed in Germany

ISBN 978-3-89741-420-4

CRiMiNA ist ein Imprint des Ulrike Helmer Verlags, Roßdorf b. Darmstadt

Covergestaltung: Atelier KatarinaS / NL
unter Verwendung der Fotografie »Shadow Run«,
© Copyright Patrick Lienin / photocase

www.ulrike-helmer-verlag.de

Die eisernen Platten bildeten ein silbriges Muster, horizontale Rillen, vertikale Rillen, horizontale ... Rolltreppen faszinierten mich.

Auf den Stufen über mir stand ein Paar Füße. An dessen Schuhen sich meine Augen festsaugten, während wir aus dem Untergrund fuhren. Schuhe von Magli! So was sehe ich auf den ersten Blick. Graues Wildleder, die Absätze leuchtend rot.

Mein Blick schmiegte sich in die Linien dieser Schuhe. Göttin, was tat sie, wenn es inzwischen draußen regnete? Diese Schuhe waren es wert, bei Regen und Schnee barfuß zu gehen. Und nicht einmal in meinen dekadentesten Augenblicken würde ich es wagen, so etwas zu tragen. Die Frau vor mir aber spazierte ganz selbstverständlich aus dem U-Bahn-Aufgang hinaus in den Schneeregen und die Straße hinunter. Rote Absätze und das schwindende Licht dieses Januarsonntags. Ich vergaß das ziellose Streunen und die erste Melancholie dieses Jahres. Ging den Absätzen hinterher, um etwas Farbe in mein winterliches Leben zu bringen.

Im Dämmerlicht flatterten die grauroten, leuchtenden Schuhe.

Ich fing an, mit ihrem Klackern im Gleichschritt zu gehen. Schnell, dann wieder unvermutet langsam, in plötzlicher Erstarrung, wieder schnell, wie getrieben von Gedanken und Bildern.

Erwartung? Freude? Furcht? Vor einem Schaufenster blieb sie stehen und ich mit ihr, und da konnte ich zum ersten Mal ihr Gesicht sehen. Knapp jenseits der Vierzig, jene Falten von Welterfahrenheit um den Mund, die ich mit vierzig hoffentlich auch kultiviert haben würde. Eine auffällige Lippenstiftfarbe, auffällig zur Blässe ihres Gesichts. Als hätte sie in ein rohes Steak gebissen.

Die Furcht beschleunigte ihre Schritte.

Sie trug sie in ihren blauen, glasigen Augen und in dem zusammengepressten Mund; in den verkrampften Kiefermuskeln und den Fingern, die am Mantelkragen zupften.

Dass sie angestrengt in ein Schaufenster mit Herrenpyjamas starrte, war mir gar nicht recht, fing ich doch leise und mit Herzklopfen an zu wünschen, sie möge derlei Artikel nicht kaufen wollen, außer für ihre »Beste Freundin«.

Vor dem spiegelnden Glas nahm sie die Kappe ab, setzte sie wieder auf, rückte sie zurecht. Sie trug einen Kurzhaarschnitt mit einem Hauch von Unbezähmbarkeit. Von dieser Pfeffer-und-Salz-Farbe, die ich so liebe.

Da zog sich plötzlich mein Magen zu einem angeekelten Knoten zusammen: Auf der Spitze des linken, wundervollen Schuhs war ein großer, hässlicher, rostbrauner Spritzer. Blut! Und zwar mehr, als gewöhnlich beim Gemüseputzen fließt. In diesem Moment schalteten sich die Straßenlaternen ein, und wir zuckten beide zusammen.

Blut!

Sie drehte sich um und nahm ihren angstvollen Schritt wieder auf. Ich folgte ihr, doch nicht als Verfolgerin. Kam mir deplaziert vor. Wilmersdorfer Schaufensterfronten an einem Wintersonntag. Kein Mensch außer uns auf der Straße.

Viereckige Gehwegplatten, auf deren Fugen ich als Kind nicht treten durfte, um nicht einen verborgenen Mechanismus auszulösen, der das Straßenpflaster sich öffnen ließe und mich in die Tiefe risse. So schlich ich als Kind gesenkten Kopfes und auf

Zehenspitzen meiner Wege. Galt als ein wenig skurril, weil sich niemand die Mühe gemacht hatte, den Grund zu erfragen. Das Kind war, wie es war.

Die Schuhe führten mich über eine Straße, durch deren vereiste Spurrillen sie behutsam balancierten, in einen Teesalon, dessen goldbraune Wärme mich duftend umwarb, dessen heiteres Stimmengewirr eine Mischung aus Wohlbefinden und Einsamkeit in meinem Januarherzen erweckte. Ich wartete, bis meine neue Bekannte den Mantel aufgehängt und sich gesetzt hatte, dann wählte ich einen Tisch schräg hinter ihr. Dankte an dieser Stelle den elterlichen Genen für die vererbte Unauffälligkeit. Auf Jugendfotos, so behaupten wohlmeinende Freundinnen, sähe ich aus wie eine frühe Ausgabe von Vita Sackville-West, hätte die gleichen unordentlichen Haare, dieselbe schnöselige Nase und diesen unternehmungslustigen Zug um den Mund. Abgesehen davon, dass ein Großteil davon Übertreibung ist, so hat sich das Vorhandene doch mit den Jahren verwachsen. Übriggeblieben ist eine mittelgroße Person. Die väterlichen Gene haben mir breite Schultern beschert, eine ideale Bedingung für kurze Jacken und gerade geschnittene Hosen. Das mütterliche Erbe besteht aus besagten dunklen Haaren und umwerfend blauen Augen.

Wie gesagt: ziemlich durchschnittlich. Ich setzte mich so, dass ich ihr Profil sehen konnte. Als die Bedienung kam, hob sie den Kopf, und ihr Mund formte die Worte »Kaffee« und »Cognac«. Ich bestellte, was ich im Winter immer trinke: Tee mit Rum. Während sie wartete, sah sie sich nervös um. Ich hütete mich vor ihren angstvollen Blicken. Der Kellner servierte, sie nahm mit fahrigen Händen die Tasse und das Glas entgegen, kramte in ihrem Portemonnaie, um sofort zu bezahlen. Die goldgelbe Flüssigkeit in ihrem Glas kippte sie in zwei Schlucken, blinzelte und schnappte nach Luft.

Wieder warf sie aufgewühlte Blicke in den Raum, fingerte an ihrer Tasche und dem Portemonnaie. Beides grau mit einem diagonalen roten Streifen. Nippte am Kaffee, zupfte an ihrer Oberlippe, besah sich stirnrunzelnd den Lippenstift an ihren Fingerspitzen. Stand abrupt auf, ging zur Toilette. Ich schlürfte vorsichtig meinen Tee und wartete, bis sie wiederkäme. Ich wusste inzwischen nicht mehr, was mich mehr interessierte: die grauroten Schuhe, die pfeffer-und-salz-farbige Frau oder, warum sie solche Angst hatte. Sie tat mir leid.

Als sie längere Zeit nicht wiederkam, lockte mich das Kuchenbuffet. Ich schwankte qualvoll zwischen gedecktem Apfel- und Käsekuchen, da ließ mich das schlagende Geräusch einer Tür den Kopf drehen. Ich sah gerade noch, wie ein Paar grauroter Schuhe nach einem eleganten, grauen Mantel griff und eine graurote Handtasche zur Türe hinauswehte.

Enttäuscht und plötzlich ernüchtert, starrte ich eine dicke, fette Linzer Torte an, hochkalorische Sinnlichkeit. Außerdem schämte ich mich endlich für meine Indiskretion.

Bis mein Kuchen kam, konnte ich genauso gut auch auf die Toilette gehen. Ich betrat den braunweiß gefliesten Raum und sah es mit einem Blick. Sie hatte das graurote Portemonnaie am Waschbecken liegen lassen. Mit einem Griff schnappte ich danach, riss die Klotür auf, meine Schuhe trabten farblich passend über den braunschwarzen Teppichboden, ich stemmte die Außentür gegen den kalten Wind, suchte die graue Straße mit geschärftem Blick ab. Doch Mantel und Samtkappe waren davongeweht.

Ich steckte das Portemonnaie unauffällig ein, aß eilig meinen Kuchen und ging. Das Gewicht der Beute wog schwer in meiner Tasche.

Zu Hause warf ich die Jacke über einen Stuhl, warf die Schuhe von den Füßen und schob eine CD in die Maschine, Beethovens Neunte, schließlich gibt es Dinge im Leben, die zelebriert werden müssen. Dann schmiss ich mich auf mein Sofa und öffnete das graurote Prachtstück. Wildleder, weich wie die Berührung der Geliebten.

Ich wurde nicht enttäuscht: Neben etwas Geld und einem kleinen roten Zettel mit einer Adresse in der Suarezstraße fand ich im vordersten Fach ein paar Visitenkarten, mit Namen, Adresse und Telefonnummer. Sie hieß Louise.

Louise Thyra Delbrouck, wie das bekannte Schuhgeschäft Delbrouck. Und sie wohnte in meiner Nähe.

Ich wartete, bis mein Herz wieder langsamer schlug, dann wählte ich ihre Nummer.

Aber sooft ich es an diesem Sonntagabend noch tat, sie meldete sich nie.

Mein Terminkalender zeigte für den Montag bis elf Uhr dreißig eine leere Fläche, und so beschloss ich, Louise Delbrouck einen frühen Besuch abzustatten.

Ich fand die Adresse und einen Parkplatz auf der gegenüberliegenden Straßenseite. Welke Blätter, anachronistische Relikte des vergangenen Herbstes, fegten mir um die Beine, als ich die Straße überquerte. Zwischen zwei Autos hindurch machte ich einen langen Schritt auf den Gehsteig, bemüht, nicht auf die Rillen zu treten.

Louises Haus hatte einen Stern aus kleinen Steinen auf dem Trottoir und drei hochherrschaftliche Stufen bis zur Eingangstür.

Ich klingelte, antwortete auf eine elektronisch verunstaltete Stimme aus der Gegensprechanlage: »Guten Tag! Deborah Gronwald ist mein Name. Ich habe gestern Ihr Portemonnaie gefunden!«

Ihre Stimme quäkte: »Oh!« und dann: »zweiter Stock, links, bitte«, und ich wurde eingelassen. Im zweiten Stock links stand sie in der Tür, wieder mit aufgerissenen Augen und erschreckend blass, aber ansonsten wie aus dem Ei gepellt. Beherrscht bis in die makellosen grauen Wollsocken. Was für eine außergewöhnliche Frau! Ich hielt ihr das Portemonnaie hin: »Das wollte ich Ihnen wiederbringen.«

Aber sie nahm es nicht, fragte nur mit ängstlichem Unterton: »Wo haben Sie das Portemonnaie gefunden?«

»In einem Café, gestern Nachmittag. Es lag am Waschbecken auf der Toilette.«

Sie atmete deutlich erleichtert auf. Lächelte sogar. »Es war ja nichts Wichtiges drin, nicht?«

Woher sollte ich das wissen?

»Gott sei Dank Ihre Visitenkarten, sonst hätte ich Sie ja gar nicht aufspüren können«, lächelte ich zurück.

»Nur ein bisschen Geld, sonst nichts Wichtiges!«, sagte sie beschwörend.

Ich hielt ihr immer noch das Portemonnaie hin. »Na ja, immerhin hundert Mark. Die fehlen einem schon.«

Diesmal nahm sie es.

»Meine Güte, bin ich unhöflich! Entschuldigung! Ich habe Sie ja gar nicht hereingebeten. Haben Sie es eilig? Wollen Sie einen Kaffee mit mir trinken oder einen Tee? Hängen Sie Ihre Jacke an den Garderobenständer.«

Ich sagte: »Tee! Mit Rum, wenn Sie haben, das ist mein Winterspezialgetränk«, folgte zarten Wollfüßen über einen zartblauen Flurteppich auf das glänzende Parkett eines Berliner Zimmers.

»Bitte setzen Sie sich doch!«

Links eine steife Sofagarnitur, ein Dreisitzer, ein Zweisitzer, zwei Sessel. Grauer Bezug. Ein Glastisch, von dem sie hastig einen Stapel durcheinandergewühlter Zeitungen nahm. Alles kreuz und quer, seriöses und Regenbogenblätter, darauf eine Lesebrille. Ich wählte mit knarrenden Schritten über das Parkett das Podest am Fenster, kreuzte die Gräten auf den opulenten Sitzkissen. In Bodennähe fühlte ich mich wohler.

An der einen Wand Regale, in denen die Bücher nicht fein ordentlich als Meterware standen, sondern so, als würden sie tatsächlich gelesen. An der anderen Wand als Kontrast zur feinsinnigen Lebensart ein protzig hingeklatschtes Gemälde in einem bleigrauen Yuppiemetallrahmen.

Sie balancierte den Tee. Setzte sich neben mich, mit ungemütlich angewinkelten Beinen. Sie hätte die Sofagarnitur wohl vorgezogen.

»Das Portemonnaie ist wunderschön, wie schade, wenn Sie es nicht wiederbekommen hätten!«, sagte ich im Konversationston. »Wo es so gut zu Ihren Schuhen passt.« Gerade schluckte ich noch hinunter, wie lange ich sie wegen dieser Schuhe verfolgt hatte. Ich neige zu Selbstkompromittierung. Sie klapperte mit den Teetassen. Hatte tatsächlich Rum im Hause.

»Oh, meine Schuhe haben Sie bemerkt?«, nahm sie meinen leichten Tonfall auf, ohne dass ich ihn ihr geglaubt hätte.

Hastig fingerte sie eine Zigarette aus einer Dose auf dem Fensterbrett. »Sie haben mich wohl beobachtet, da in dem Teesalon!«, sagte sie übertrieben scherzhaft. »Rauchen Sie?«

Ich schüttelte den Kopf.

Sie griff nach dem Tischfeuerzeug. Hielt es so gefährlich, dass ich jäh den praktischen Sinn der Kurzhaarfrisur verstand. Immerhin, die Zigarette brannte. Sie nahm einen gierigen Zug. Die Nervosität in ihrer Stimme blieb: »Das ist auch besser so. Es ist ungesund und macht Falten.«

Ich stellte sie mir mit einer goldenen Zigarettenspitze vor, gemächlich und genüsslich rauchend, eine andere Louise, so überlegen, so souverän wie der welterfahrene Zug um ihre Mundwinkel. Wovor hatte sie nur solche Angst? »So schöne Schuhe fallen einem eben auf, ganz unwillkürlich«, sagte ich begütigend. »Ich bin sowieso ein Schuhfan, schöne Schuhe bemerke ich unweigerlich. Für Schuhe könnte ich ein Vermögen ausgeben.«

»Ach ja, wirklich?«

Sie sah erfreut aus und ausgesprochen sympathisch, wenn sie lächelte. Sah mich zum ersten Mal richtig an.

Endlich kapiert! Ich bin nicht die böse Wölfin, sondern nur Deborah, die ein Schuhfan ist. Ihre Augen musterten mich aufmerksam. Ein bisschen Amüsement über Schuhfetischismus, ein wenig Neugier auf Deborah Gronwald.

»Mögen Sie ein bisschen Musik?«, fragte sie mit einem Griff ins CD-Regal. »Vielleicht etwas von Satie?«

»Ja, gerne. Meine Mutter ist Klavierlehrerin. Mit klassischer Ausbildung und Jazz als Leidenschaft.«

Sie lauschte den Klavierklängen nach: »Eine wunderbare Morgenmusik. Die spiele ich auch oft im Geschäft, sie scheint die Kundinnen zum Kaufen anzuregen.«

»Ach, ich glaube, dafür bräuchte ich keine Musik. Für schöne Schuhe würde ich auf dem Wasser wandeln. Dafür könnte ich ein Verbrechen begehen«, verstieg ich mich.

Louise Delbrouck begutachtete mich mit einem Stirnrunzeln. »Wissen Sie das überhaupt: Ich habe ein Schuhgeschäft. *Delbrouck*.«

»Ach, die Frau Delbrouck sind Sie! Sie sind es tatsächlich! Spezialisiert auf italienische Firmen, ein Paradies zum Einkaufen!«, rief ich verzückt.

Nun lächelte sie vergnügt, sagte: »Jawohl, die bin ich!« und goss sich noch eine ordentliche Portion Rum in den Tee.

»Vielleicht wollen Sie sich als Finderlohn ein paar Schuhe aussuchen?«

Ich schluckte.

»Das kann ich nicht annehmen! Wirklich nicht! Das war ja nur eine Gefälligkeit! Aber ich kenne Ihren Laden gut. Eine Versuchung ersten Ranges.«

Ich hielt ihr meine schwarzen Stiefeletten mit Schnallen und Nieten unter die Nase. »Hier, die sind auch von Ihnen.«

Ich verschwieg, dass ich mir *Delbrouck* nur im Ausverkauf leistete.

»Ja, die kommen mir bekannt vor. Sehr hübsch! Passen gut zu Ihrem Stil. So ein bisschen … nun ja: kess. Sind Sie im sonstigen Leben auch so keck?«

Ich beobachtete eine ihrer Haarsträhnen, die gerade dem polierten Image entkam und für etwas Wirrnis sorgte.

»Ach nein. Ich glaube, die Hälfte davon ist Imagepflege.«

Sie nippte an ihrem Tee, goss noch mehr Rum in meine Tasse, warf mir über den Rand des Glases hinweg mehrdeutige Blicke zu. In einer anderen Umgebung und zu einer anderen Tageszeit hätte ich sie sogar für ein- bis zweideutig gehalten. Mir wurde warm.

Dieses Gespräch war von umgekehrt proportionalen Unruhezuständen gekennzeichnet. Nun schien ihre Angst völlig verschwunden zu sein. Sie goss mir liebenswürdig Tee nach, reichte Rum und Zucker. Dafür brach mir der Schweiß aus. Ich bin nämlich nur im Kino eine Heldin. Im wirklichen Leben bin ich fürchterlich schüchtern.

Kess, meinte sie also.

Ich kippte meinen Rum-Tee mit einem Schluck. Sie strahlte dauerhaft.

»Dann ist das ja geradezu ein Glücksfall! Sie als Schuhfan finden das Portemonnaie einer Schuhladenbesitzerin. Das schreit ja geradezu nach einem Paar Schuhe als Finderlohn. Möchten Sie wirklich nicht?«

»Doch, natürlich gerne!«

»Ich finde, das ist ein Grund zum Feiern! Wollen wir nicht die blöden Förmlichkeiten lassen?«

Kess! Ich lächelte dämlich und zustimmend. Nichts lieber, Verehrteste!

Sie hob ihr Teeglas und prostete mir zu.

»Das ist zwar nicht ganz formvollendet. Aber es ist zumindest Alkohol im Glas. Ich heiße Louise.«

»Deborah!«, sagte ich und ließ die Gläser klingen.

»Ein ganz besonderer Name! Von wem haben Sie den bekommen?«

»Von meiner Mutter. Ich sollte wohl auch etwas ganz Besonderes werden. Leider hat es dann nur zu gutem Durchschnitt gereicht.«

»Na ja, nicht so viel falsche Bescheidenheit! Sie sind bestimmt eine ganz außergewöhnliche Person! Das sehe ich an Ihren Augen. Zumindest eine gute Portemonnaiefinderin. Und natürlich ein Schuhfan!«

Ich wand mich unter ihren Blicken. Was frau bloß für blödes Zeug redet, wenn sie Nettigkeiten sagen will! Aus Verlegenheit sah ich auf die Uhr. Oh, verflucht, es war schon nach elf!

Ich rappelte mich aus der Tiefe meines Sitzkissens auf die Füße.

»Es tut mir leid, ich muss dringend zu einem Geschäftstermin. Ich bin froh, dass ich Ihnen helfen konnte, und ich freue mich auf die Schuhe.«

»Aber ja! Kommen Sie doch die Tage vorbei, dann suchen wir was ganz Extravagantes für Sie aus!«, sagte sie herzlich. »Wie schade, dass Sie schon gehen müssen! Was arbeiten Sie denn, wenn ich fragen darf?«

»Finanzberatung für Frauenprojekte«, antwortete ich und nahm meine Jacke vom Garderobenständer. Wartete auf ihre Reaktion. Sie zog die Augenbrauen hoch: »Kann man davon reich werden?«

»Nein«, sagte ich lachend. »Ich bin auch Steuerberaterin, damit komme ich ganz gut über die Runden. Die Beratung von Frauen in Finanzfragen ist mir allerdings ein persönliches Anliegen. Es ist wichtig, dass Frauen Geld in die Hände bekommen. Geld bedeutet Einfluss, Dinge dahin steuern können, wo frau sie haben will.«

Das *frau* sagte ich betont und sah, dass sie es registrierte.

»Was für ein kluger Satz!«, sagte sie und lächelte mich wieder an. Für eines dieser Lächeln hätte ich gerne noch viel mehr kluge Sätze gesagt, aber nun musste ich wirklich zu meinem Termin. Sie wollte mich aber noch immer nicht gehen lassen.

»Lassen Sie mir doch Ihre Geschäftsnummer da! Ich brauche dringend eine Steuerberaterin, auf die ich mich verlassen kann!«

Ich zog eine Visitenkarte aus der Tasche. Auch ich besitze so etwas.

»Ich habe kein Büro. Nur ein umfunktioniertes Zimmer in meiner Wohnung. Auf der einen Seite des Flurs geschäftlich, auf der anderen privat. Das hier ist mein Privatanschluss, darüber laufen auch die Kontakte mit meinen Mandantinnen.«

Wir kannten uns nun also privat. Sie schien sich fast darüber zu freuen.

»Auf Wiedersehen, Deborah!«, sagte sie mit einer ganz irrsinnigen Art, meinen Namen auszusprechen. Mit der Betonung auf dem *a* wie meine Französischlehrerin. Die kam aus Orleans, hieß Fabienne Bardeau, und ich war in sie verknallt gewesen.

Ich bürstete meine Nackenhaare wieder glatt, verabschiedete mich im Eiltempo und polterte betört die Treppe hinunter. Mein Auto war vor einem Zeitungsladen geparkt, als ich die Tür aufschloss, fiel mein Blick auf eine fett gedruckte Schlagzeile:

MORD IN DER SUAREZSTRASSE!
BESITZER DES SZENESCHUHGESCHÄFTES *SCARPE*, ALEXANDER HEPPLER, IN SEINEN LAGERRÄUMEN BRUTAL ERMORDET.

Die Suarezstraße hakte sich mit krummer Klaue in mein Gehirn. Louise trug diesen Zettel mit einer Adresse in der Suarezstraße im Portemonnaie mit sich herum. Aber das musste ein Zufall sein. Vielleicht hatte sie geschäftlich mit diesem Heppler zu tun. Dann fiel mir der hässliche, rostige Blutfleck auf ihrem Schuh ein, ihre Unruhe am Abend zuvor, der fluchtartige Abgang. Ich ging in den Zeitungsladen, kaufte einen Schwung Zeitungen und breitete sie auf der Motorhaube aus. Doch der Wind ließ nur so aufschlussreiche Informationen wie »alles voller Bl...«, »Blutb...« und »Mor...« zu, bevor er die Seiten durcheinanderblies. Ich raschelte sie wieder auf einen Haufen und setzte mich in mein Auto, um nachzudenken.

Warum hatte Louise so besorgt gefragt, wo ich das Portemonnaie gefunden hatte? Warum hatte sie immer wieder betont, es sei nichts Wichtiges darin gewesen?

»Außer deinen Visitenkarten!«, hatte ich gedacht, weil ich sie wiedersehen wollte.

Außer dem blöden roten Zettel, hätte ich vielleicht denken sollen. Das Blut am Schuh! Was hatte Louise mit der Suarezstraße zu tun? Mord in der Suarezstraße. Von dort bis zu unserem Teesalon waren es nur drei U-Bahn-Stationen. Wilmersdorf im Winter, von wegen harmlose Sonntagsspaziergänge!

Schließlich besann ich mich auf meinen Termin bei den Frauenzufluchtswohnungen. Den Kopf voller unglaublicher Gedanken, fuhr ich, so schnell ich konnte, kam aber trotzdem zu spät. Platzte in eine vollzählig versammelte, vorwurfsvolle Teamrunde. Aktenbeladen murmelte ich Entschuldigungen und fand nur sehr mühsam zurück in die Welt der Geschäfte und Zahlen und zu meiner Konzentration. Ich kann sonst gut trennen zwischen Privatleben und Job, kann selbst in emotionalen Ausnahmezuständen noch effizient arbeiten; aber diese seltsame Geschichte, in die ich hineingestolpert war wie in einen Birkenstock-Schuh, brachte mein Weltbild völlig durcheinander. Sie war schwerwiegender als meine sonstigen persönlichen Ausnahmezustände.

Wirren Kopfes schlug ich mich drei Stunden lang mit dem Geldmangel der Frauenszene herum, versprach, bei einer am nächsten Tag anstehenden Wohnungsbesichtigung dabeizusein, verabredete mich zu diesem Zweck mit Katrin Forbrich, einer der Mitarbeiterinnen, und fuhr nach Hause.

Es dämmerte schon und war lausekalt. Wie üblich fand ich keinen Parkplatz vor dem Haus. Die Pfützen im Rinnstein waren zugefroren und glänzten metallisch schwarz. Ich schlich mich an einer Baustelle vorbei, ein paar Schritte durch den sanften, nachgiebigen Sand zwischen hochkant stehenden Gehwegplatten. Ich hoffe immer, dass da wirklich nur Sand sein wird, wenn sich das Straßenpflaster eines Tages vor mir auftut.

Zu Hause kochte ich Tee mit Rum und machte mich endlich über die Zeitungen her. Ich breitete sie auf dem Teppich aus wie ein Riesenpuzzle.

Alle Blätter betonten die Exklusivität des Schuhladens. Alle schrieben, es gebe keinen Hinweis auf Täter oder Motiv. Keine Fingerabdrücke. Ein Mörder mit Handschuhen. Eine Mörderin mit Handschuhen? Der Tote hatte recht unappetitlich mit einem Messer im Rücken über seinem Schreibtisch gelegen. Hinterrücks erstochen! Die Tür zum Hof hatte weit offen gestanden, was der Hauswartsfrau aufgefallen war, die den Ermordeten schließlich gefunden hatte. Eine Zeitung brachte sogar ein Bild von ihr, wie sie der Reporterin beherzt und gewichtig die Tür zum Hof zeigte.

Eine andere brachte ein Bild des Toten. Ein Mann in den Vierzigern, blondlockig, mit einem Schnauzbärtchen und einem Junge-komm-bald-wieder-Lächeln. Einer der Erfolgreichen in den Berliner Mauern. *Scarpe* war ein Begriff in der Stadt, genauso wie *Delbrouck*. Und doch war es kein Raubüberfall gewesen. Die Schlösser alle unbeschädigt und nichts gestohlen.

Ich liebte Louises Lächeln. Sie zog mich an wie der Leim die Fliege. Die Suarezstraße ging mir nicht aus dem Kopf. Ich beschloss, die Hauswartsfrau zu besuchen.

Mittlerweile war es Abend und völlig dunkel, so ein widerliches Januardunkel, die völlige Abwesenheit von Wärme und Licht. Ich fand die Hausnummer, schlurfte über graugemustertes Kopfsteinpflaster, die Größe zum Schaufenstereinwerfen, und betrat den Hausflur. Schwarzweiße Bodenfliesen. Es roch nach Putzmitteln mit Zitrusduft. Rechts führten zwei Stufen zum Treppenhaus. Links von mir befand sich eine zweiflügelige Tür mit dem Siegel der Polizei, das mir ein ausgesprochen gruseliges Gefühl bereitete. Dort in den Ladenräumen war der Mord passiert. Die Hände in den Jackentaschen ging ich rechts die Stufen hinauf.

Die Tür der Parterrewohnung stand offen, und neben der Klingel prangte ein blankes Messingschild mit Schnörkelschrift: *ELSE KÖNIG, HAUSWART.*

Aha, die schnörkelige Königin des Hauses! Die offene Tür ignorierend, wollte ich gerade klingeln, da kam sie aus der Wohnung, im Schürzenkittel, an den Füßen ein Paar grüner Gummistiefel, die auch zur Hochseefischerei getaugt hätten, zwei gefüllte Putzeimer in den Händen.

»Sind Sie Frau König, die Hauswartsfrau?«, fragte ich, ohne rechte Vorstellung davon, was ich eigentlich wissen wollte.

Die Bestätigung, dass Louise nicht die Mörderin ist, vielleicht.

»Sind Sie von der Zeitung?«, fragte sie zurück und leckte sich die Lippen.

»Nein, ich bin eine Freundin von Herrn Heppler«, log ich.

Sie machte ein misstrauisches Gesicht und setzte die Emailleeimer ab.

»Wieso, der war doch schwul?«

Ich verschluckte mich fast. So spricht man ein großes Wort gelassen aus.

»Nein, nicht so eine Freundin«, sagte ich verlegen. »Eher eine gute Bekannte. Ich kannte seine Eltern. Unsere Mütter waren Schulfreundinnen.«

Eltern und Schulfreundinnen hat jeder Mensch, da kann man nicht viel falsch machen.

Die armen Eltern schienen ihr fast das Herz zu brechen.

»Ja, es ist furchtbar, was da passiert ist. Das war bestimmt ein verschmähter Liebhaber. Der sah doch so gut aus, der Herr Heppler. Und war so ein charmanter Mensch!«

Verschmähter Liebhaber! Nicht schlecht, was für eine Vorstellungskraft die ältere Generation von heute hat! Ich musste skeptisch ausgesehen haben, denn sie setzte nachdrücklich hinzu: »Es ist ja nichts gestohlen worden. Das Geld im Schreibtisch ist noch da, und die Schuhe sind nicht angerührt worden. Und das sind teure Schuhe, kann ich Ihnen sagen. Er hat mir mal ein Paar zu Weihnachten geschenkt, weil ich doch seine Schlüssel habe und auch immer auf das Lager aufpasse, dass sich niemand da unerlaubt herumtreibt«, sagte sie wehmütig. Jetzt verstand ich ihre Sympathie für den teuren Toten.

»Da war es wohl sehr schlimm, dass ausgerechnet Sie ihn gefunden haben?«, buhlte ich mitfühlend. Sie nickte bekümmert, und ich erwartete fast, dass sie ein großes umhäkeltes Taschentuch zog. Sie tat es nicht, sondern neigte sich näher zu mir, als wollte sie mir etwas anvertrauen, was nicht alle Welt zu wissen brauchte.

»Wenn Sie mich fragen, die Polizei hat sich zu wenig Mühe gegeben. Nicht einmal so richtig ordentlich verhört haben die mich. Hat sie wohl nicht besonders interessiert, was ich ihnen zu sagen hatte. Die von der Spurensuche haben vor allem um die hintere Tür herumgesucht, weil die offenstand. Und sich gewundert, dass die Schlösser nicht beschädigt waren. Auf die Idee, dass das jemand mit einem Schlüssel war, jemand Nahestehender, darauf sind die wahrscheinlich gar nicht gekommen. Weil er nämlich keine Familie hat. Keine Frau und keine Kinder. Auf was anderes kommen die gar nicht bei der Polizei.«

»Hatte er denn einen Lebensgefährten?«, fragte ich. Ein bisschen gescheiter als die Polizei wollte ich schon sein.

Sie zuckte mit den Achseln: »Weiß ich nicht! Da war wohl der eine oder andere. Ist mir aber nie einer vorgestellt worden. In letzter Zeit hab ich aber keinen mehr gesehen.«

Und so, als wäre sie die Diskretion und Bescheidenheit in Person: »Er musste sie ja auch nicht vorstellen, oder? Wir hatten ein rein dienstliches Verhältnis.«

Und dann wieder leise: »Sie haben wirklich nicht richtig gesucht. Und hier oben haben sie zwar alles versiegelt, aber um die Falltür in den Keller hat sich zum Beispiel überhaupt keiner gekümmert. Dabei habe ich sie extra darauf hingewiesen!«

Eine Falltür!

»Wie viele Türen gibt es denn eigentlich?«, fragte ich.

»Na, die Ladentür zur Straße, dann hier die im Hausflur und die hinten im Hof. Und die Falltür im Keller!« Sie griff in die geöffnete Wohnungstür ans Schlüsselbrett: »Und ich hab für alle Türen die Schlüssel«, gab sie an und rasselte mit dem Schließbund.

So, so!, dachte ich.

»Man kann da jetzt natürlich nicht rein, solange das versiegelt ist«, sagte sie. »Das ist ja strengstens verboten.«

Ich nickte staatsbürgerinnengehorsam.

»Kommen Sie denn zum Begräbnis?«, fragte sie.

»Wenn ich es einrichten kann«, antwortete ich.

»Na, dann sehen wir uns ja noch. Entschuldigen Sie, ich muss jetzt anfangen.«

Sie deutete mit dem Kopf die linoleumbelegte Treppe hinauf: »Vier Treppen, drei Aufgänge. Und seit letztem Winter hab ich die Gicht.«

Sie nahm ihre Eimer und begann, die Treppe hinaufzusteigen. Mit Geräuschen wie eine Dampflok mit Achsschaden.

»Frohes Schaffen!«,wünschte ich und sah ihr nach.

»Danke, danke«, ächzte sie, schon auf dem nächsten Treppenabsatz.

Ich blieb neben ihrer Wohnungstür stehen und hörte, wie sie schnaufend höher und höher stieg. Vier Treppen. Die Versuchung war einfach zu groß. Ich trat an die Wohnungstür und tat einen schnellen Griff ans Schlüsselbrett. Die einzelnen Schlüssel sauber beschriftet: Laden vorne, Hausflur, Hoftür, Kellertür. Und ein rostiger Vierkantschlüssel. Ich dachte an dunkle Kellerlöcher und an das tröstliche Licht meiner Taschenlampe im Auto. Zwei Minuten später stand ich wieder auf den schwarzweißen Karos.

Der Kellereingang war unter der Treppe und die Tür freundlicherweise nicht verschlossen. Ich fand den Lichtschalter, drehte ihn, zog die Kellertür hinter mir zu. Tappte speckig glänzende Steinstufen hinab. Orientierte mich in die Richtung von Hepplers Lager. Dorthin führte nur ein einziger Gang. Auf festem brandenburgischen Sandboden tastete ich mich vorwärts, um eine Ecke herum. Der Gang endete an einer kackbraunen Holztür mit der Nummer eins. Alexander Hepplers Kellerabteil war kein einfacher Bretterverschlag mit Vorhängeschloss, sondern ein gemauerter Raum. Es roch nach dumpfer Kälte und nach bösen Geistern. An meinem Schlüsselbund gab es ein passendes Schildchen zur Tür und einen ebensolchen Schlüssel. Das Schloss klang schauerlich, die Tür ebenfalls. Jedenfalls schien über diesen Weg nicht viel Publikumsverkehr stattzufinden. Ich fand mittels der Taschenlampe auch im Kellerabteil den Lichtschalter, schaltete das Flurlicht wieder aus, drückte die Tür hinter mir zu. Die Luft roch modrig, war aber wärmer als draußen. Kohlenstaub am Boden, Späne von Anmachholz und zerkleinerten Obstkisten, sonst war der Raum leer. Was man hier alles lagern konnte! Doch Alexander Heppler war allem Anschein nach weder Schnapsbrenner noch Waffenschmuggler gewesen.

Vor mir führte eine steile Eisentreppe zur niedrigen Decke, endete an der mit nicht genügender Aufmerksamkeit bedachten Falltür. Holz und ein Metallgriff. Die Stufen waren genickbruchverdächtig. Ich nahm meinen ganzen Mut zusammen und kletterte nach oben. Steckte den Vierkantschlüssel in die Öffnung neben dem Griff. Er passte. Ein schabendes Geräusch, und ich konnte die Falltür anheben.

Über mir ein ohrenbetäubendes Krachen. Ich duckte mich in Panik, ließ die Falltür los, die mir beinahe den Schädel einschlug, rutschte ab und konnte mich gerade noch an der obersten Stufe festhalten.

Scheiße, Scheiße, Scheiße!

Ein, zwei Minuten lang stand ich wartend und japsend auf der Treppe, doch als nichts weiter geschah, riss ich mich zusammen, stemmte die Falltür ganz auf, kletterte nach oben in den Laden. Wie die Göttin der Unterwelt, die schicksalhaft ihrem dunklen, geheimnisvollen Reich entsteigt. Meine Schuhe waren schmutzig vom Kohlenstaub, also streifte ich sie ab und stellte sie auf die letzte Stufe. Begutachtete meine Hautabschürfungen an den Händen, die rostigen Spuren der Metalltreppe. Und dann sah ich auch die Ursache des Gepolters. Ein Schreibtischstuhl, der auf der Falltür gestanden hatte, war umgefallen und reckte grotesk die Metallbeine in die Luft. Ich stellte ihn erleichtert auf und ließ, meine Prellungen reibend, die Falltür an ihren Platz sinken. Bis auf den schmalen Strahl der Taschenlampe war es stockfinster. Alle Rollläden heruntergelassen. Das konnte nur zu meinem Vorteil sein, und trotzdem ängstigte mich die Dunkelheit.

Fußangeln, Hände aus den Zimmerecken, die sich materialisierten, um mir die Taschenlampe zu entreißen und mich mit feuchtkalten Fingern anzufassen. Die Stille saß mir im Nacken. Ich zwang mich zu ruhigem Atmen und leuchtete vorsichtig im Raum umher. Vor mir sah ich die schattenhaften Umrisse eines Schreibtischs und eines Computers samt Drucker und Faxgerät. An den Wänden tauchten offene Schränke mit Aktenordnern auf und geschlossene mit wer weiß was. Ein kleines Kabuff, aus dem mir mattweiß eine Kloschüssel entgegenschimmerte. Dann die Tür zum vorderen Lagerraum. Sie stand offen, was mir sehr lieb war, denn so konnte sie niemand unvermittelt aufreißen, um sich auf mich zu stürzen. »Die Räume sind versiegelt, Deborah«, flüsterte ich mir Mut zu. »Wer immer den Mord begangen hat, hat sich längst verpisst!«

Konnte Louise einen Schlüssel zu Hepplers Lagerräumen haben? War sie *jemand Nahestehender*? Wie nahe stand man sich in der Schuhbranche? Ich konnte mir beim besten Willen nicht vorstellen, wie sie auf Mr. Charming losging und das Messer zwischen seine Rippen versenkte. Sie wirkte nicht blutrünstig genug. Wie verhält sich ein blutrünstiger Mensch im Alltag? Und wenn, um der Unterweltsgöttin willen, welches Motiv hatte Louise?

Plötzlich wurde mir bewusst, dass ich genau an der Stelle des Raumes stand, an der der Ermordete gelegen hatte. Noch dazu in weißen Strümpfen! Gänsehäute liefen wellenförmig über meinen Körper, ich spürte, wie sich meine Zehennägel aufrollten.

Ich leuchtete auf den Fußboden, sah die schwarzen Flecken im

Teppich. Leuchtete den Schreibtisch ab: zerwühlte Papiere, ein umgekippter Aschenbecher, verschmiertes, eingetrocknetes Blut. Er war anscheinend über dem Schreibtisch zusammengebrochen. Feiner weißer Staub von der Arbeit der Spurensicherung. Ablagefächer aus weißem Plastik.

Vorsichtig ging ich um den Schreibtisch herum und untersuchte die Regale. In einem lag eine aufgeklappte Schnellheftermappe und daneben –

Oh, verdammt noch mal, wieso hatte ich meine Nase in diese ganze Geschichte gesteckt? Warum hatte ich unbedingt hierherkommen müssen? Warum war ich überhaupt immer so neugierig? Vor mir, auf dem Schnellhefter, lag, für die Spurensicherung anscheinend um Längen weniger aussagekräftig als für mich, ein Brillenetui aus weichem, grauem Wildleder, mit einem diagonalen roten Streifen.

Louise!

Ich hatte schlagartig genug, wollte nichts mehr wissen über Geschehnisse jeglicher Art an melancholischen Winternachmittagen. Doch das Etui steckte ich in die Jackentasche, damit es nicht als Beweisstück herumlag. Wieder ein graurotes Utensil, das mir ein Loch in die Tasche brannte! Ich zog die Falltür hoch, schlüpfte in meine Schuhe und machte, dass ich davonkam.

Louise! So einen Spleen mit graurotem Leder hatten bestimmt nicht viele Leute. Sie hatte die Adresse der Lagerräume im Portemonnaie gehabt, hatte ihr Brillenetui hier vergessen und lief zur ungefähren Tatzeit wie aufgescheucht in der Gegend herum. Mit einem Blutfleck auf dem Schuh! Keine weiteren Fragen, Euer Ehren!

Mit großen, lauschenden Ohren kletterte ich die Kellertreppe hinauf. Frau Königin war immer noch in einem der oberen Stockwerke zugange, ich hörte metallisches Henkelklirren. So war es ein leichtes, den Schlüsselbund wieder loszuwerden. Wie ein nasser, geprügelter Wischlappen schlich ich durch den Hausflur, da blieb mein tiefhängender Blick an etwas Kleinem, Schwarzem haften, das neben Alexander Hepplers Tür lag. Ich hob es auf. Es war eine schmutzstarrende Herrenabsatzsohle. Staubfusseln, Teppichflusen, zusammengebacken durch die Klebstoffwirkung schwarzschillernden Hämoglobins. Eilig zog ich eine Apothekenplastiktüte aus der Tasche und steckte die neue Kostbarkeit hinein. Aber eigentlich war ich mehr als bedient von dieser Schatzsuche. Wer hier noch so alles herumlief und dabei etwas verlor, war mir schnurz.

Ich stieg in mein Auto und fegte nach Hause. Hätte fast eine rote Ampel überfahren. Erledigt. Aus! Vorbei! Louise war für mich gestorben! Keine Verabredungen im Delbrouckschen Schuhparadies! So attraktiv war sie nun auch wieder nicht.

Nur noch in Anstand und Würden das Etui und die Sohle loswerden. Verbrennen! Vergraben! In Säure auflösen! Ich hatte kaum meine Wohnungstür aufgeschlossen, als das Telefon klingelte. Am anderen Ende war Louise. Sie klang so weich wie graurotes Wildleder.

»Hallo, Deborah. Ich hoffe, ich störe Sie nicht.«

Ich schlängelte mich aus meiner dicken Jacke, erwürgte mich beinahe mit dem Schal.

»Nein, ich bin gerade erst heimgekommen.«

»Oh, dann hatten Sie aber einen langen Tag! Sie klingen erschöpft!«

»Kann man sagen, ja!« Ich zupfte an meinen Stiefelverschlüssen.

»So viel zu tun?«

»Na ja, eher eine Menge ... Ärger.«

»Oh, das tut mir leid! Und ich störe Ihre Feierabendruhe! Ich hoffe, ich rufe nicht zu spät an. Aber es gibt einen Grund dafür. Keinen geschäftlichen, nur keine Sorge. Ich fand unsere Unterhaltung heute Morgen so nett, und ich würde sie gerne fortsetzen. Da dachte ich, ich lade Sie einfach zu einer Vernissage ein, die mein Bruder nächsten Sonntag in seiner Wohnung gibt.

Claude Delbrouck, der Maler, vielleicht haben Sie schon von ihm gehört. Er hat die Ausstellung *Fragen an die Postmoderne* genannt. Wissen Sie, ich verstehe nicht viel von Malerei.«

Sie machte eine abwartende Pause, aber ich tat ihr nicht den Gefallen zu antworten.

»Mögen Sie Malerei überhaupt?«

»Ja.«

Endlich hatte ich die Jacke an den Garderobenhaken platziert. Aus der Innentasche blitzte das Brillenetui.

»Auch moderne?«

»Ja, auch moderne.«

Pause.

Wenn du wüsstest, was ich alles über dich weiß, Herzblatt!

»Ja, also dann vielleicht ..., die Bilder sind sehr reizvoll, wirklich gut, und der Sekt auch. Es wird zwar keine sehr lustige Stimmung sein, mein Bruder hat nämlich ...«, ein kleines Zögern lag in ihrer Stimme, »... hat nämlich vor ganz kurzer Zeit einen schweren Verlust erlitten. Aber Claude meinte, das Leben müsse ja trotzdem weitergehen. Vielleicht heitert ihn der Abend auch ein bisschen auf, meinte er.«

Ihre Stimme wurde fiepsig und gepresst beim letzten Satz. Und weil ich immer noch schwieg, nicht wusste, was ich sagen sollte, fragte sie unsicher: »Sie haben schon etwas vor?«

»Nein, ich bin frei«, antwortete ich.

»Dann würden Sie kommen? Und vielleicht kommen Sie ja morgen im Laufe des Tages zu mir ins Geschäft. Wegen der Schuhe und auch wegen der Finanzberatung. Ich meine ... Sie würden mir wirklich einen Gefallen tun. Ich bin ab vierzehn Uhr da. Sie können kommen, wann Sie wollen.«

Ich sah das Etui, spürte den Knoten in meiner Kehle und sagte: »Gut, morgen Nachmittag. Und wo wohnt Ihr Bruder?«

Eigentlich hatte ich immer eine andere Vorstellung von »Finanzberatung für Frauen« gehabt. Ich war gewohnt, dabei mit Geld umzugehen, nicht mit Gefühlen. Und ich hatte eine andere Vorstellung von mir als flirtender Person. Nicht passiv und schutzlos einer samtigen Telefonstimme und ihren Verführungen ausgeliefert. Sie hockte seit zwei Tagen auf mir wie ein grauroter, krallenfüßiger Alp. Ich hätte sie gerne in jenem Teesalon kennengelernt, als Tischnachbarin, hätte über Kuchen geplaudert, dann über Schuhe. Hätte die Wärme und ihren Charme genossen und mich mit Freuden zu einer Vernissage einladen lassen. Stattdessen plagte ich mich mit ihren Accessoires herum und schrieb Adressen von Brüdern auf.

»Ja also, dann noch einen schönen Abend, Deborah! Und gute Nacht!«

»Danke, gleichfalls!«

Ich fand schwer in den Schlaf. Das Brillenetui, warum hatte es in Hepplers Lagerräumen gelegen?

Zum Frühstück hörte ich ein wenig *Dichterliebe*.

Im wunderschönen Monat Mai, als alle Vögel sangen, da hab' ich ihr gestanden mein Sehnen und Verlangen. –

Von Mord war in dem Lied keine Rede.

»Hatschi!«

Der Ausflug in die Eiskeller der Berliner Unterwelt schien meinem Immunsystem geschadet zu haben, denn ich fühlte mich fröstelig und verschnupft und abgenutzt wie mein alter Morgenmantel. Vielleicht würden der Frühling im Liederzyklus und eine Vitamin-C-Tablette meine Abwehrkräfte stärken. Draußen hob eine schwächliche Sonne die Temperaturen über den Gefrierpunkt.

»Hatschi!«

Ich glaubte mit keiner einzigen Gehirnzelle, dass Louise eine Finanzberaterin brauchte. Ihr Laden war eine Goldgrube. Warum interessierte sie sich für mich? Hatte sie mich an jenem Sonntag doch bemerkt bei den Herrenpyjamas, und kam ich ihr damit zu nahe? Ich war auch noch nie in einen Mord verwickelt gewesen. Wollte sie mich als Zeugin entschärfen? Mit Leidenschaft zum Schweigen bringen? Sie war die attraktivste Frau, die mir seit langem begegnet war, und wir wären sicher ein Traumpaar gewesen, wenn ich meine Spießgesellinnenschaft überlebte.

Ich stellte das Geschirr in die Spüle, wo ich es vor dem Frühstück herausgefischt hatte. Immer dieselbe Tasse, derselbe Teller, weil ich abwaschen nicht ausstehen kann. Ich bin eine der beruflich sehr geforderten Frauen, die lassen bekanntermaßen ihren Haushalt schluren! Räumen nur auf, wenn Besuch kommt, und auch dann nur die Vorzeigezimmer. Berliner Wohnungen sind manchmal unorthodox geschnitten, und meine ist geradezu ideal für Karrierefrauen. Links des Flurs das Büro mit Stuckdecke und Flügeltür, rechts das Wohnzimmer und dahinter der lange Schlauch von Küche, Bad und Schlafzimmer, der frühere Dienstbotentrakt.

Ich nahm eine Tasse Zitronentee mit über den Flur ins Büro. Um elf Uhr hatten wir den Besichtigungstermin für die Frauenzufluchtswohnung. Bis dahin war noch Zeit zum Arbeiten.

Ob sie sich eigentlich darüber klar war, dass sie mit mir flirtete? Vielleicht gehörte sie zu den Frauen, bei denen das Flirten mit anderen Frauen so unbewusst abläuft, dass sie vor lauter Tabus nichts davon mitbekommen. Oder sie flirtete ganz abgebrüht, so kalkuliert, wie sie schicke Schuhe verkaufte. Legte mich auf den Erotikbratrost und grillte mich mit ihrer Stimme und ihren Blicken, bis ich zart und saftig war. Meine Mutter hatte als Kind auf dem Dorf mit den anderen Kindern Igel gefangen, ihnen den Schädel eingeschlagen, sie dick mit Lehm beschmiert und in der Kruste über einem Lagerfeuer gebacken. Wenn man dann den harten Lehmpanzer abschlug, erzählte sie mit begehrlichem Leuchten in den Augen, dann blieben die Stacheln darin hängen und man käme ohne Stacheln und Flöhe an das zarte Fleisch.

Deborah als stachelloser Igel und Louise, ladylike, als begehrliche Bratenköchin mit goldener Zigarettenspitze? Ich war noch nie in meinem Leben fürs Flirten mit Schuhladeneigentümerinnen bezahlt worden.

»Hatschi!«

Ich beschloss, schlicht und einfach zu arbeiten, die Wohnung zu besichtigen und bis zum Nachmittag nicht mehr über Louise nachzudenken. Weder als potenzielle Mörderin noch als potenzielle Geliebte.

Die zu besichtigende Wohnung lag im Bezirk Mitte in einer Straße, die seit der Wende noch keinen neuen Pflasterstein gesehen hat.

Katrin Forbrich und ich hatten uns kurz vor dem Termin verabredet, um uns in der näheren Umgebung umsehen zu können. Verkehrsverbindungen, Einkaufsmöglichkeiten, Schulen, Kinderspielplätze, außerdem Möglichkeiten, sich zu verstecken und entlaufenen Ehefrauen und Lebensgefährtinnen aufzulauern. Es regnete seit einer halben Stunde in Strömen, und wir standen frierend in der Toreinfahrt des Hauses, durch die trotz geschlossener Türen der Wind pfiff.

In den ausgetretenen Bodenfliesen des Hausflurs sammelte sich das Wasser, das zur Hoftür hereinlief. An den Wänden hingen kleine Wassertröpfchen. Das Haus war bestimmt einmal ganz nobel gewesen, mit seinem gemusterten Boden und den bunten Kacheln an den Wänden. Jetzt hatte es den Charme einer römischen Therme am Polarkreis: nass, kalt und glitschig.

»Es war keine gute Idee, früher herzukommen«, sagte ich. Katrin suchte unter ihrem Pullover nach einem warmen Plätzchen für ihre Hände.

»Wie sollten wir denn wissen, dass es so regnen würde? Ein Spaziergang, um die Umgebung kennenzulernen, war prinzipiell schon eine gute Idee«, antwortete sie zähneklappernd.

»Nicht einmal ein Café gibt es hier in der Gegend!«, seufzte ich. »Ich glaube, das nächste ist am Rosenthalerplatz. Lehn dich nicht gegen die Wand, deine Jacke wird ganz nass!«

Sie trug Springerstiefel, was wenigstens auf warme Füße hoffen ließ. Ich war nun wirklich erkältet, rotznasig und fror trotz meiner Pulloverschichten. Heiße Zitrone, heiße Küsse und ein Bett!

»Guck mal, Deborah, da oben ist sogar ein Fries!«

»Na, dann haben die Stalaktiten wenigstens was Nettes zum Dranrunterwachsen«, murrte ich.

»Schon elf Uhr durch. Wenn der Makler nicht pünktlich ist, gehen wir aber!«, sagte Katrin und schob eine feuchte Haarsträhne hinter ihre jungen, entzückenden Ohren.

Blonde Locken, die sich aus der Anorakkapuze kräuselten. So ganz von ferne hatte ich sie mir schon näher angesehen, ganz ohne Absichten natürlich, hatte sie bei den Teamsitzungen beobachtet, den wachen, gespannten Gesichtsausdruck, die Art, wie sie mit nachdrücklichen Handbewegungen Argumente in die Runde warf; ihr spärlich zwischen Konzentrationswolken erscheinendes Lächeln. Wo war Louise jetzt?

»Ich glaube sowieso nicht, dass die Wohnung geeignet ist. Ich fände es schon gut, wenn wir mit dem Projekt im Osten blieben, schließlich komme ich ja von hier. Aber die Wohnung darf nicht in so einem schlechten Zustand sein. Stell dir vor, sie ist genauso feucht wie das Treppenhaus.«

»Dann braucht ihr sie nicht renovieren, sondern bloß mit Fresken bemalen. Farbe auf frischem, feuchtem Kalkmörtel. Das müsste doch mit alten, feuchten Tapeten auch klappen. Und als Motive nehmt ihr Szenen aus eurem täglichen Beraterinnenleben. Frauen mit Geldproblemen, Frauen mit Beziehungsstress, Frauen mit vielen Kindern und blaugeschlagenen Augen ... Und über allem schweben die Beraterinnen als nackige Putten.«

Mir war sehr kalt.

Katrin sah mich von der Seite an.

»Sag mal, bist du immer so drauf?«, fragte sie misstrauisch.

»Nein, ich bin nur erkältet, ich will ins Bett. Der Sarkasmus ist Notwehr.«

»Ich dachte schon, du hättest was gegen unser Projekt.«

»Im Gegenteil! Weshalb mache ich wohl eure Finanzplanung mit all ihren Unzulänglichkeiten? Ich will bloß nicht hier in der Schweinekälte herumstehen und auf einen Makler warten, der uns für diese Bruchbude eine Luxusmiete abknöpfen will. Vor allem nicht auf einen, der Fritz Kalb heißt!«

Sie kicherte.

Ich blätterte in meinen Unterlagen.

»Euer Spielraum für Miete ist nicht gerade groß, und wenn ich friere, bin ich eine eiskalte Verhandlungspartnerin.«

Katrin lachte. Warum bin ich bloß immer vom Lachen der Frauen so magisch angezogen? In diesem Fall aber hoffte ich, die Seuche der Attraktion möge mich verschonen. Die Aussichten waren nämlich nicht rosig, wie ich im Frauenprojekt schon schnüffelnderweise festgestellt hatte. Sie studierte Publizistik, arbeitete ehrenamtlich in den Zufluchtswohnungen, und ihrem journalistischen Engagement waren anscheinend einige größere Zeitungsartikel über das Projekt zu verdanken. Über das Liebesleben der Dame sei nicht viel bekannt, nur ein paar durchgesickerte Gerüchte, und die seien männlich. Verifiziert hatte ich keines davon und zog es vor, diese Frau, ihr Lachen und ihre Locken aus der Ferne anzubeten. Außerdem gab es da ja neuerdings noch Louise. Louise, ladylike und kultiviert, wie ich nie sein würde, die mich so entwaffnend umwarb.

Katrin rieb meine kalten Hände zwischen den ihren, eine fast schon familiäre Geste.

»Komm, wir gucken ein bisschen herum.«

Sie öffnete die Tür zum Hof.

»Schau mal, eine Grünanlage. Das wäre toll für die Kinder, zum Spielen. Wenn die Parterrewohnung zu vermieten ist, könnten sie fast aus dem Fenster klettern.«

»Es ist die Parterrewohnung, und sie könnten fast aus dem Fenster schwimmen!«, meckerte ich.

»Kannst du eigentlich auch mal von was anderem reden als von Wasser?«

»Nein, ich bin Sternzeichen Fisch.«

»Im Ernst?«

»Nein, im Ernst bin ich Löwin, Aszendent Jungfrau.«

»Eigentlich habe ich gar keine Ahnung von Sternzeichen.«

»Ich auch nicht.« Ich schnäuzte mir die Nase.

Katrin erkletterte die Stufen zum Hochparterre. Auf dem welligen, verkratzten Linoleum stand das Wasser. Ein paar Grad kälter, und der Hausflur böte ausgezeichnete Voraussetzungen für Oberschenkelhalsbrüche. An der Tür war kein Namensschild. Das Schloss sah lausig aus.

»Eine eurer ersten Investitionen wäre dann ein Türschloss«, sagte ich begutachtend, drückte einmal probeweise gegen die Tür, und sie öffnete sich. Sie war nur angelehnt gewesen. Wir zogen gemeinschaftlich die Augenbrauen hoch.

»Lass uns reingehen. So haben wir mehr Zeit für eine supergenaue Mängelliste. Und wenn der Esel von Makler die Tür nur anlehnt, ist er selber schuld.«

»Das Kalb?«, sagte Katrin und kicherte.

Wir betraten eine Diele mit VEB-Blümchenkombinatstapete. Sogar die Decke war damit tapeziert. Allerdings in einem anderen Muster.

Die Wohnung roch wie eine Gruft. Katrin schnüffelte angewidert. Ich schwenkte links ins Bad, während sie die Wohnräume und die Küche inspizierte.

»Ofenheizung!«, rief sie. »Und alles mit Blümchentapete!«

»Hier auch«, sagte ich tröstend.

»Dass es so was so lange nach der Wende überhaupt noch gibt.« Ihre Stimme hallte, halb erstaunt, halb angewidert, durch die leeren Räume.

»Der Makler hat gesagt, bis jetzt wären die Eigentumsverhältnisse des Hauses ungeklärt gewesen und vor zwei Monaten hätte die Erbengemeinschaft es an einen Westberliner verkauft. Hier hängen übrigens die Steckdosen halb aus den Wänden.«

Ich sah prüfend die Stromkabel im Flur an und notierte auf

meinem Block: »Stromanlage liegt auf Putz und ist in sehr schlechtem Zustand.«

Im Bad war der Modergeruch noch schlimmer, und da war noch etwas. Es roch nach faulen Äpfeln, nach Schlachthof oder nach ganz etwas anderem, schlimmerem, was ich noch nie gerochen hatte. Vielleicht war es die triefige Außenwand, vielleicht der Schimmel in der Badewanne. Aber was immer es war, der Makler würde sich einige kritische Anmerkungen darüber gefallen lassen müssen.

Der Fußboden bestand aus PVC-Ost mit Fliesenimitat. Geschmacklosigkeit ist blockfrei. Badewanne und Waschbecken waren noch aus der Gründerzeit, der Boiler aus der Zeit der Napoleonischen Kriege. – Sanitäre Anlagen erneuern! Badezimmer auf Schimmelbefall prüfen!, notierte ich.

Dann entdeckte ich etwas Nettes: Seitlich neben dem Fenster befand sich auf Hüfthöhe eine kleine Tür, weiß gestrichen, etwas für die sieben Zwerginnen, sollten sie je auf die Idee kommen, ein Frauenprojekt zu besuchen. Eine Märchentür, wohl dazu gedacht, dahinter die Kohlen für den Badezimmerofen zu lagern. Und die kleine Debbie musste sie jetzt sofort und begeistert öffnen. Ich drehte schniefend den Schlüssel. Der Gestank, der herausdrang, war bestialisch. Wie Schneewittchen, seit hundert Jahren im Sarg faulend.

»Was hast du gefunden?«, hörte ich Katrin hinter mir, und im gleichen Moment sah ich es: Halb verdeckt von der Tür, zwischen Kohlebrocken und gespleißtem Holz in einer Pfütze, die Finger in hilfloser Geste gespreizt, lag der Körper eines Mannes. Das nächste, woran ich mich erinnere, ist, dass Katrin schrie und ich am weit offenen Fenster hing und versuchte, nicht in die Landschaft zu kotzen.

Katrin hinter mir hatte weniger Glück mit ihrem Frühstück. Aber wozu gibt es Gründerzeit-Badewannen!

Ich versuchte, nicht hinzuhören, konzentrierte mich auf die frische, regennasse Luft und zählte ein paarmal bis hundert.

Dann drehte ich mich um und knallte die Märchentür zu. Katrin lehnte am Badeofen, bleich und spitz um die Nase.

Ich drehte den Wannenhahn auf. Nie mehr würde ich in Zukunft Essensreste zu lange stehen lassen. Immer würde ich feuchte Wäsche sofort aufhängen.

»Meine Güte, wie furchtbar!«, stöhnte Katrin. »Er sieht so … armselig aus!«

Mein Kopf begann auf Hochtouren zu arbeiten. Das hilft im Allgemeinen gegen Gefühle.

»Ich versuche jetzt ein Telefon zu finden, Katrin. Alles okay soweit?«

Sie nickte. Ich gab ihr ein Taschentuch.

»Dann stell dich an die Tür und fang den Kalb ab. Wenn er empfindliche Magennerven hat, muss er sich das nicht reinziehen. Aber er soll hierbleiben, die Bullen wollen ihn sicher verhören. Und dreh in ein paar Minuten den Badewannenhahn zu.«

Als ich mit Puddingbeinen die Holztreppe zum Hauseingang hinunterwankte, spürte ich Tatendurst.

Unförmige, stinkende Haufen Mensch sind zuweilen durch ausdauernde Tätigkeit ungeschehen zu machen.

Auf der anderen Seite des Hauseingangs war ein zweiter Aufgang. Ich klingelte an der Wohnungstür im Parterre gegenüber. Ein junger Mann in Jeans öffnete. Seine verwaschenen Socken hatten Flecken, die mich unangenehm an den Badewanneninhalt von drüben erinnerten.

Nicht nachdenken, Deborah.

»Guten Tag, Deborah Gronwald, darf ich mal Ihr Telefon benutzen?«

Der Typ grinste speckig.

»Ich hab keins. Aber du kannst trotzdem reinkommen.«

Bierfahne. Dem Himmel sei Dank für die Erkältung!

»Nein danke, ich muss wirklich dringend telefonieren. Wissen Sie, wo hier in der Gegend eine Zelle ist?«

»Ja, vorne an der Straße, aber soviel ich weiß, ist die mal

wieder kaputt. Und an andere kommt man von dieser Seite nicht ran, weil sie die Straße aufgerissen haben. Aber du kannst 'n Bier haben.«

Mit einem letzten Gewaltakt an Höflichkeit verabschiedete ich mich. Drüben an der Tür zu unserer Pestgruft stand Katrin, in ihren Anorak geschrumpft. Ich winkte ihr aufmunternd zu und platschte auf die Straße. Es hatte aufgehört zu regnen, und in den tiefen Rinnsteinen sammelte sich das Wasser. Ich stolperte über lose Pflastersteine und hohe Bordsteinkanten. Stellenweise bäumte sich das Straßenpflaster auf, vermutlich gegen menschliche Grausamkeit.

Heb die Beine, Deborah.

Dann fand ich eine Eckkneipe, die Telefon hatte. Der diensthabende Polizist meldete sich mit beruhigend gleichgültiger Stimme, aber meine Antwort trieb der Bedienung die Augen aus den Höhlen.

»Guten Tag, Gronwald. Meine Freundin und ich haben gerade eine Leiche gefunden. Ich glaube, sie liegt da schon länger.« Ich stellte meinen Fuß auf die verkratzte Chromverstrebung eines Barhockers, damit ich mehr das Gefühl einer wirklichen Kriminalgeschichte bekam.

Er blieb geschäftsmäßig-routiniert, klärte Wannwiewos, notierte meinen Namen, und ehe ich noch der glotzenden Kellnerin mehr als zwei verlegen-ermunternde Blicke zuwerfen konnte, standen die Herren schon grünweiß vor der Kneipentür. Wenn sie nur bei Neonazis ebenso schnell wären.

Wir fuhren im schicken grünweißen Wartburg zurück zu unserem stinkenden Menschenhaufen und fanden dort eine zitternde, durchgefrorene Katrin, nebst einem unbehaglich blickenden Mann, dynamisch, dreißigjährig, blond, in blankgewienerten Lederturnschuhen.

Beim Anblick der beiden Ossibullen straffte er seinen Rundrücken und grüßte preußisch: »Guten Tag, meine Herren, Kalb.«

Katrin kicherte schon wieder, und ich stellte einen gemeinsamen Wesenszug zwischen uns fest: eine Ader für das Absurde im Leben, wie es zuweilen in dramatischen Situationen sichtbar wird.

Wir führten die Polizisten an den Tatort, allerdings nur bis zur Badezimmertür. Auch Kalb schien nicht weiter sensationslüstern zu sein.

Da das Fenster offenstand, war der Gestank jetzt erträglich. Die beiden schnüffelten herum, öffneten die Tür, guckten, kommentierten angeekelt, einer kroch ächzend in das Kabuff.

»Erwürgt«, grunzte er dumpf von innen, kam grün wieder heraus. »Ist ein Mann, ein ganz schöner Brocken. Und liegt schon ein paar Tage.«

»Na prost«, sagte der andere, »ich geh dann mal zum Wagen, telefonieren.«

Dann setzte sich die polizeiliche Ermittlungsmaschinerie in Bewegung. Das Kalb bestätigte unsere Verabredung und sein Zuspätkommen, wandte aber ein, dass die Tür verschlossen gewesen war.

»Ach wissen Se, der Zustand von so 'ne Schlösser … Wahrscheinlich war das der Mörder«, winkte der vernehmende Polizist ab, und wir waren vom Verdacht des Einbruchs reingewaschen. Wir machten unabhängig voneinander die gleiche Aussage, dann durften Katrin und ich nach Hause fahren. Ich legte mich zum Aufwärmen in die Badewanne und hätte mir gern den Kopf zugesoffen, um nicht mehr an den stinkenden Menschenhaufen denken zu müssen. Der zweite in dieser Woche, wie mir auffiel, auch wenn ich Alexander Heppler nicht persönlich begegnet war. Ich würde Louise davon erzählen. Vielleicht äußerte sie sich dann zum Fundort des Brillenetuis. Wenn man von den Schicksalsgöttinnen gerufen wird, muss man folgen.

Nach dem Bad füllte ich mich mit Aspirin ab und steuerte mein Auto gespielt souverän durch den Dauerberufsverkehr in Richtung Louise. Ich bin eine ernsthafte Frau und unterwegs in wichtiger Angelegenheit. Der Parkplatz, den ich fand, war genau vor Louises Laden, deshalb bog ich schwungvoll ein und hoffte, dass sie aus dem Fenster sah. Stieg betont langbeinig aus, klemmte karrieresüchtig die Aktentasche unter den Arm. Auch ich bin eine selbständige Geschäftsfrau.

Ich öffnete die Ladentür, taubenblauer Teppichboden, Tischchen mit Grünpflanzen und Schuhen dazwischen. Auf Regale drapiert, wie zufällig dort stehen gelassen.

Schuharrangements wie Stillleben. Pancaldi, Ferragamo …

Von total abgefahren bis normal sterblich.

Am Ende des Raumes ein weißlackierter Schreibtisch mit prätentiös geschwungenen O-Beinen, dahinter Louise im grauen Kostüm mit dazu passenden Pumps an den Füßen über Papiere gebeugt, zwei Verkäuferinnen zur Seite. Alle drei sahen beim dezenten Klingeln der Ladenglocke auf. Ich stand in der Tür wie in einem französischen Schwarzweißfilm: ihre Gestalt im Gegenlicht. Sie kommt direkt aus der Hölle. Sie ist zurückgekehrt, den ganzen, langen Weg, ist mit dem ersten Frühzug in die Stadt gekommen, und die Sehnsucht leuchtet in ihrem bleichen, übernächtigten Gesicht.

Und auch Louise sah mich an, als sei die ernsthafte Geschäftsfrau das, was sie am wenigsten an mir interessierte. Das musste auch so sein, für das Drehbuch.

»Ahhh, Deborah!«, rief sie. Betonte wieder das *a*. Kam auf mich zu, die Arme ausgebreitet. Leider bin ich schüchtern, wenn ich es ernst meine. Leider meinte ich es ernst.

So nahm ich die Tasche vor den Bauch, um eine allzu heftige Umarmung zu verhindern, sagte stattdessen: »Jil Sander«, womit ihr Parfum gemeint war. Sie lachte und nahm mich beim Arm. Ich versuchte immer noch, mich aus dem Drehbuch zu befreien.

»So«, sagte sie mit ausholender Geste, »das ist *Delbrouck*. Die Versuchung ersten Ranges!«

»Ich weiß«, lächelte ich.

Dann fuhr sie fort: »Eigentlich mag ich jetzt gar nicht über Finanzen reden!«

Das hatte ich sehr gehofft.

»Es ist schon fast drei. Haben Sie zu Mittag gegessen, Deborah? Ich nämlich nicht. Haben Sie Lust, mit mir auf einen Imbiss zu gehen? Ich lade Sie ein! Um die Ecke ist ein vegetarisches Café. Vielleicht können wir ja dort ein Arbeitsessen veranstalten.«

Ich nickte, immer noch im falschen Film: Louise, die mich so entwaffnend umwarb.

»Ach, Frau Paulsen, Frau Jacoby, das ist übrigens Frau Gronwald, meine neue Steuerberaterin. Falls Sie sie mal am Telefon haben«, wandte sie sich an die beiden Verkäuferinnen. Die eine hatte Goldkreolen an den Ohren schaukeln, die andere trug Perlenstecker. Beide nickten huldvoll und verbindlich, ich jedoch hatte das Gefühl, in aller Form zukünftigen Schwiegermüttern vorgestellt zu werden. Ohne die beiden lief, den prüfenden Blicken und den großen Ohren nach zu urteilen, wenig im Laden. Gehörte ich damit zur Delbrouckschen Familie? Und der Bruder stand auch schon auf der Kennenlernliste.

»Hatschi!« – »Gesundheit!« – »Danke!« Aber die Erkältung war jetzt sowieso Nebensache.

Louise ging in ein Kämmerchen hinten im Laden und kam mit einem Mantel wieder. Einem anderen, als dem vom Sonntag, aber ebenfalls grau. Dazu ein dunkelroter Hut. Mamma mia! Nicht einmal in meinen dekadentesten Augenblicken würde ich mich erkühnen, so etwas zu tragen.

»Rechts rum«, kommandierte sie, als wir den Laden verließen, »wir gehen ein paar Schritte durch die Parkanlage, das ist kürzer. Das Café heißt *Frisch und Froh.*«

»Schrecklich«, sagte ich, »klingt wie eine Unterabteilung des BDM.«

»Nein, nur New Age!«, widersprach sie lächelnd.

Die *Parkanlage* bestand aus nicht viel mehr als ein paar Büschen, Bäumen und Bänken zwischen Häusern, durch einen Buddelkasten und eine Schaukel als Kinderspielplatz definiert.

Das Café war frisch und froh gestrichen, hatte frohe Kellnerinnen, frische Speisekarten und ausschließlich farbenfrohe vegetarische Speisen aus kontrolliertem Anbau.

Mir war nach Vitaminen, Mineralien und Spurenelementen, darum blätterte ich in der biologisch-dynamischen Speisekarte nach den Salaten.

»Hühnerbruststreifen auf Feldsalat an Zitronenreis, garniert mit geröstetem Körnermix«, las ich vor. »Was passiert, wenn der Koch mal die Orientierung verliert?«

»Die Orientierung?«, runzelte Louise die Stirn.

»Na ja, wenn er die Hühnerstreifen mal unter den Zitronenreis packt und den Feldsalat an die Garnitur, oder die Garnitur an die Streifen und den Zitronenreis auf den Feldsalat. Es gibt Dutzende katastrophaler Möglichkeiten!«

Sie lächelte und sandte heiße Blicke.

»Ach, Deborah, es ist sicher kein Koch, sondern eine Köchin, so eine scharfsinnige Frau mit genau der richtigen Orientierung.«

Ich wurde so rot, dass Louises Hut keine Chance gegen mich hatte.

»Ich nehme eine Möhrencremesuppe«, sagte sie gelassen. »Das ist gut für die Augen. Und Sie?«

Verflucht, diese Frau flirtete vielleicht hartgesotten!

»Tja ... äh ... vielleicht auch eine Möhrencremesuppe. Und danach einen Milchkaffee. Ich brauche was zum Wachwerden.«

Eine Leiche am Vormittag, eine Liebe am Nachmittag. Louise orderte mit genießerischem Gesichtsausdruck zweimal Möhrencremesuppe und zweimal Milchkaffee, als bestellte sie ein siebengängiges Gourmetmenü und nur die dazu gereichten Weine seien noch fraglich. Ich war plötzlich in zärtlicher Stimmung.

War hingerissen von ihrer Eleganz und sah schnell weg, als sie aufblickte. Doch sie hatte gesehen, was sie sehen wollte, rasch und wie nebenbei.

»Die Möhrensuppe erinnert mich an das Kaninchen aus einem meiner Kinderbücher, das nur noch Veilchen fraß, weil es so gerne schöne, veilchenblaue Augen haben wollte«, sagte ich. »Es war nämlich verliebt und wollte Eindruck schinden«, leitete ich vorsichtig zu einem Flirt über.

»Und? Haben Sie es dann als Kind mit Veilchen versucht? Oder wie sind Sie an Ihre wunderschönen Augen gekommen?«

»Nein, ich habe Heidelbeerjoghurt gegessen. Allerdings haben Sie mir jetzt ein Kompliment weggeschnappt. Ich wollte gerade zu einer ähnlichen Bemerkung ansetzen.«

»Ach, die blauen Augen?«, winkte sie ab. »Die sind bei uns tatsächlich nur Vererbung! Haben mit diätetischen Maßnahmen nichts zu tun.«

Sie sah mich andächtig an. »Sie sind tatsächlich gekommen! Ich hatte den ganzen Morgen darauf gehofft!«

»Ja, natürlich. Wir waren doch verabredet. Allerdings weiß ich gar nicht, was ich geschäftlich für Sie tun kann. Import ist eigentlich nicht mein Metier. Und sicher haben Sie schon längst einen Steuerberater.«

»Ach, Deborah, meine Liebe, das Geschäftliche war mehr oder weniger ein Vorwand. Ich wollte Sie näher kennenlernen. Mich hat interessiert, was Sie über Frauen und Geld gesagt haben, na ja, und außerdem ... Ah, da kommt die Suppe!«

Sie lächelte die Teller an, dass das Porzellan schmolz und mir weich und warm wurde.

Außerdem!

Ich legte ganz vorsichtig meine Hand auf ihre, bis Suppe, Besteck und Brotkorb bei uns angekommen waren.

»Der Vorwand wäre gar nicht nötig gewesen«, sagte ich. Und nun lächelte sie mich an und nicht mehr das Porzellan.

Bei *Frisch und Froh* thronte standardmäßig ein Klecks Sahne auf der Möhrensuppe und darauf ein Basilikumblatt. Dazu wurde Sonnenblumenbrot und Butter gereicht.

Ich verrührte die Sahne in konzentrischen Kreisen.

Ganz in der Mitte der Spirale saßen die Mörder und ihre Opfer. Im nächsten Kreis saßen die Verdächtigen und die Zeugen. Dann kam die Polizei, dann die Presse und die Öffentlichkeit, die nur noch ein kaum sichtbarer Ausläufer des Sahnekometenschweifs waren.

Louise aß ihre Suppe von der Mitte aus, ließ den Sahneklecks unangetastet, nahm nur kleine weiße Moleküle mit dem Möhrenorange auf ihren Löffel. Aß sich von Öffentlichkeit und Presse zu den Zeugen vor, zu den Verdächtigen. Sie tunkte mit großem Appetit den Löffel in die Suppe.

»Müde?«, fragte sie teilnahmsvoll. »Oder wieder Ärger?«

Ich lehnte mich in meinem Stuhl zurück, erinnerte mich an die grotesk gespreizten Finger, die verdrehte Gestalt zwischen den Kohlen.

»Nun, ich weiß nicht, ob Ärger das richtige Wort dafür ist. Eine meiner Mandantinnen und ich haben vor etwas mehr als vier Stunden bei einer Wohnungsbesichtigung eine Leiche gefunden. Ein Mann ist ermordet worden. In der Zeit bis jetzt habe ich hauptsächlich Fragen der Polizei beantwortet und gefroren. Ich weiß nicht, ob man das Ärger nennen kann.«

»Sie haben was?«

»Für die Frauenzufluchtswohnungen heute Vormittag eine Wohnung besichtigt und dabei in der Abstellkammer einen erwürgten Mann gefunden. Entschuldigung, über so was redet man nicht beim Essen.«

Louises Löffel blieb in der Luft stehen, und ein zäher, orangeroter Tropfen Möhrencreme löste sich in Zeitlupentempo davon ab, ich sah ihm dabei zu, bis er auf den Teller zurückplatschte und kleine orangerote Spritzer auf Louises grauer Kostümjacke hinterließ. Leichen bringen Farbe ins Leben.

Ich reichte ihr eine Serviette, doch sie ließ nur den Löffel sinken.

»Deborah, aber ... Was haben Sie mit solchen Dingen zu schaffen!«

»Nichts, es war reiner Zufall. Sie haben Mörencremesuppe auf der Jacke.«

»Ja.«

»Wischen Sie es schnell ab, sonst trocknet es ein. Orange und Grau sind als Farbkombination unmöglich.«

»Aber, was haben Sie getan, als Sie ihn fanden?«

»Nun, das Naheliegendste: die Polizei geholt. Ich weiß nicht mal, wer der Tote war. Wir sind ja nur Zeuginnen. Vielleicht kann ich das erfahren, wenn wir unsere Aussage unterschreiben.«

Sie wischte endlich an ihrem Revers herum.

»Meine Mandantin hat es nicht besonders gut verkraftet, und ich bin auch angeschlagen, wie Sie sich vorstellen können.«

Sie sah durch mich hindurch wie seinerzeit durch die Herrenpyjamas im Schaufenster. Vielleicht dachte sie dabei an verschwundene Brillenetuis. Und ich trug es immer noch in der Jackentasche herum.

»Louise? Sie sind ja fast geschockter als ich. Ich dachte, alle zivilisierten Menschen außer mir seien fernsehkrimiabgehärtet.«

»Nein! Ich sehe so etwas selten. Ehrlich gesagt, ich sehe so was äußerst ungern. Lieber alte Filme und Nachrichten, Magazine und Talkshows. Mir jagt das wirklich eine Heidenangst ein, diese Gewalt, selbst wenn sie nur gespielt ist. So viel Finsteres in einem Menschen, ganz unvermutet. Als ob ganz ... plötzlich eine fremde Person vor einem steht.«

»So eine echte Leiche ist auch kein schöner Anblick.«

»Nein, ganz sicher nicht. Sicher nicht, Deborah!«

Mich ritt plötzlich ein boshafter Teufel.

»Haben Sie schon mal eine echte Leiche gesehen, Louise? Ich meine, jemanden, der ermordet wurde?«

Sie schob heftig den Teller von sich. Farbenfrohe Möhrensuppe schwappte auf das sonnengelbe Tischtuch.

»Ich? Nein! Nie!«

Frisch und Froh entwickelte sich definitiv zu einem Farberlebnis.

Sie presste gequält die Serviette auf den Möhrenklecks, warf sie beiseite. Besah sich ihre Fingernägel und zupfte mit einer inneren Wut, wie sie die Nervosität hervorruft, an ihnen herum.

Zupfte sich alle zehn Finger entlang, knipste am Nagellack, riss an den kleinen, weißen Häutchen, besah sich erbost die wunden Stellen. Knipste von neuem und begutachtete mürrisch die Zerstörung.

»Hören Sie bitte auf, Louise!«, sagte ich mühsam beherrscht.

»Was?«, fragte sie und steckte den Finger in den Mund wie ein Kind.

Ich nahm ihre Hände, hielt sie in meinen fest, so wie man zwei wütende Kläffer davon abhält, übereinander herzufallen.

»Deborah, eigentlich hatte ich dieses Treffen mit Ihnen als Rendezvous geplant.«

»Oh, und nun habe ich es verdorben.«

»Nein, schon gut, aber bitte ersparen Sie mir jetzt weitere Details.«

Sie warf einen Blick auf meinen leeren Teller.

»Sind Sie fertig? Wollen wir aufbrechen?«

»Also habe ich doch die Stimmung versaut!«

»Nein, nein, mir ist nur eben ein wichtiges Auslandsgespräch eingefallen, das ich noch erledigen muss, und mein Geschäftspartner ist schwer zu erreichen. Können wir nun bitte gehen? Kommen Sie, ich kann am Tresen zahlen.«

Schweigend durchquerten wir die Parkanlage, auf deren wackeligem Klettergerüst ein einsames Kind balancierte. Im Sommer rankten sich hier Rosen an metallenen Bögen, schufen das dichte Gebüsch und die grüngestrichenen Bänke abgeschiedene Separees. Jetzt gab es nur die kahlen, bleichen Äste, die Skelette und

Gebeine jener lauschig-verliebten Mondnächte; gab es nur weißliche, matschige Rasenflächen und darüber wie eine Erscheinung Louises blutroter Hut. Den sie plötzlich abnahm. Das Rot verschwand aus dem Bild, ich spürte ihre Hand in meinem Nacken und ihre Lippen entschlossen auf meinen. Sie küsste mich mit Abstand zwischen unseren Körpern, traute den günstigen Umständen noch nicht. Doch mit ihren Lippen auf meinen sank ich zurück in meinen französischen Film, nur noch schwarzweiß, zog sie an mich und ließ sie mich küssen, den Januar fortschwemmen, seine Melancholie und seine Leichen, bis wir festgefroren waren.

Bis, eine Ewigkeit später, das Kind von seinem Klettergerüst fiel und schreiend davonlief.

Da ließ sie meine Lippen los, den Arm immer noch um mich geschlungen, und seufzte an meinem Ohr: »Das kommt meinen Vorstellungen von einem Rendezvous doch erheblich näher.«

Die Hände ineinander verschränkt, gingen wir die wenigen Schritte zum Parkausgang, dann glitten sie auseinander. Frau Delbrouck setzte, ganz Geschäftsfrau, ihren Hut auf, und wir waren zurückgekehrt in die Wirklichkeit der Geschäftsverabredungen. Louise öffnete ihre klingelnde Ladentür: »Guten Tag, wir sind wieder da, hat Stützli angerufen und den Termin am Flughafen bestätigt?«

»Nein, Frau Delbrouck.«

»Na, dann werde ich es gleich in Zürich versuchen!«

Jetzt, unter den aufmerksamen Blicken von Paulsen/Jacoby, wagte ich nur eine vorsichtige Berührung unverfänglicher Körperteile, um mich zu verabschieden. Und wollte doch zurück in den Park und sie küssen.

Sie hielt meine Hand fest.

»Wann sehen wir uns wieder, Deborah? Ich muss heute Nacht geschäftlich nach Zürich, danach nach Dresden. Je nach Verlauf der Verhandlungen bin ich in ein, zwei Tagen wieder da. Spätestens zu Claudes Vernissage. Außerdem war der Vorschlag, meine Steuer zu machen, nicht nur ein Vorwand. Wenn ich zurück bin, verabreden wir ein echtes Arbeitstreffen, ja? Ich rufe dich an. Geh jetzt.«

Die beiden Schwiegermütter warfen sich sorgenvolle Blicke zu. War Zürich so ein gefährliches Pflaster? Oder Dresden zu nahe an Sibirien, dort, wohin Verbrecher verbannt wurden? Oder passte ihnen der Umgang nicht, den Frau Delbrouck mit mir pflegte? Louise zog mich ein wenig beiseite, weg von den Schwiegermüttern. Sie senkte die Stimme noch ein bisschen: »Ich hoffe sehr, dass du mich vermissen wirst. Allerdings, wenn ich jetzt dein Gesicht vor mir sehe ...«

»Nach dieser Szene gerade im Park ...«

»Nein, tu das nicht, geh jetzt«, sagte sie alarmiert. »Vermiss mich lieber nicht! Ich bin doch eine völlig Fremde, deren Portemonnaie du zufällig gefunden hast!«

»Natürlich. Ich küsse immer völlig Fremde im Park. Ich bin berüchtigt für diese Angewohnheit.«

»Psscht! Deborah, ich meine doch nur ...«

»Louise, ich möchte ... Na gut, bis bald.«

Gerade zog ich mir eine Abschiedszerrung am Herzen zu.

Dann, auf dem Heimweg, dachte ich ein wenig klarer. Knutschereien im Park, in unmittelbarer Nähe ihres Ladens! Unter den potenziellen Augen von Stammkunden! War das Frau Delbroucks Stil? Und was war in mich gefahren? Kussszenen in Schwarzweiß unter tropfenden Bäumen, die mir die Jacke durchweichten!

Was bezweckte Louise mit diesem Szenario? Mich in ihr Geschäft zu bitten, dann doch keine finanziellen Dinge abzuwickeln, sondern essen zu gehen. Vom Sie zum Du, von null auf hundert in dreißig Sekunden? Louise war offensichtlich eine höchst dominante Person, und wenn sie dachte, ich eignete mich zum Schoßhündchen, so hatte sie sich getäuscht. Ich traute ihr nicht, schließlich gab es da noch ein Brillenetui, das mir wie ein Stachel im Fleisch in der Jackentasche saß.

Ich wusste, dass sie mich belog. Sie tat so betont harmlos, dass mich fror. Nein, eine echte Leiche hatte sie noch nie gesehen! Alte Filme im Fernsehen! Mit jeder Pore meiner Gänsehaut spürte ich das, was hinter der Harmlosigkeit lag und lauerte. Hinter der Souveränität und dem Flirt lauerten Verzweiflung und Schrecken. Natürlich war sie nicht wahnsinnig und erzählte jeder x-beliebigen Frau, dass sie einen Mord begangen hatte. Schon gar nicht bei einem Rendezvous. Und doch verursachte mir jedes ihrer unschuldigen, harmlosen Worte einen kleinen, quälenden Schmerz in der Herzgegend. In manchen Momenten war mir, als wollte sie mir davon erzählen, nur um es loszuwerden. Als ich ihr von unserem Fund hinter der Märchentür erzählte, war ein solcher Moment gewesen.

Ich wollte nicht in seelische Abgründe blicken und hatte doch das Gefühl, dass meine Schuhspitzen schon weit über den Rand ragten.

Was würde ich tun, sagen, wenn sie mir gestand, sie hätte Alexander Heppler umgebracht. Nach dem Grund fragen? Sagen, dass ich weiter versuchen würde, in sie verliebt zu sein? Sagen, dass ich mir so etwas schon gedacht hätte? Dass ich sie nicht erst in diesem Teesalon beobachtet hatte. Dass ich auf der Straße ihr Gesicht gesehen hatte, die angstvollen Veilchenaugen? Dass ich ein anderes Gesicht kannte als das, was an der Oberfläche unserer Bekanntschaft lag? Würde ich sie überreden, sich zu stellen? Oder würde ich das Geheimnis bewahren helfen? Aber dann würde ich ihr nicht mehr in die Augen schauen können, würde ihren Blick nicht mehr aushalten, in diesem Wissen um Abgründe und Geröllfelder.

Der kleine, wilde Schmerz, das waren die gefühlsechten, die innigen Berührungen im Park. Die Küsse, die ich bis ins Innerste spürte, und der Verdacht, dass sie nicht so gemeint waren, sondern nur dazu dienten, mir das Maul zu stopfen. Darum gestand ich mir meine wachsende Zuneigung nicht ein. Die Finderlohnschuhe, das fiel mir jetzt erst auf, hatten wir beide völlig vergessen.

Zwei Tage später holte ich eine erfreut und heftig winkende Katrin vor ihrem Haus ab, und wir fuhren zur Polizei, um unsere Aussagen zu unterschreiben.

»Ich hab von dieser Badezimmertür geträumt«, sagte sie betont lässig, als wir aus dem Auto ausstiegen, »wahrscheinlich muss ich jetzt ganz Berlin mit Zentralheizungen ausstatten, um nie wieder Kohlebadeöfen sehen zu müssen.«

»Das dürfte aber teuer werden!«

Nur nicht an den Geruch, nicht an die Wasserlache und den Körper darin denken.

Auch Linoleumfußböden in Polizeidienststellen haben Rillen. Ich bemühte mich, auf keine einzige zu treten, bis wir uns zu unserem zuständigten Mordaufklärer durchgefragt hatten.

»Ist der Tote denn jetzt identifiziert?«, fragte ich unser polizeiliches Gegenüber unbekannten Dienstgrades, einen Herrn mit formvollendeten Manieren, der uns, nachdem wir unterschrieben hatten, sogar bis zur Tür seines Büros begleitete.

»Und dürfen Sie uns sagen, wer es ist?«

»Sie werden lachen«, antwortete er, »aber es ist der Besitzer des Hauses, in dem Sie sich die Wohnung ansehen wollten. Wenn Sie mich fragen, hätte man ihn schon allein für den Zustand seines Hauses und die Mieten, die er verlangte, würgen sollen. Entschuldigung, das sollte ich wohl nicht so sagen! Er hat noch ein paar Häuser mehr in Berlin und hat nach der Wende im Osten wohl noch einiges aufgekauft. Alles für 'n Appel und 'n Ei. Ich bin aus'm Osten, da wird man schon 'n bisschen emotional, wissen Se. Busch heißt er, Hans-Jochen Busch. Ist 'n Wessi. Entschuldigung!«

Ich sah, wie Katrin ihn entsetzt anstarrte.

»Könnte Busch denn auch von einer Frau umgebracht worden sein?«, fragte sie.

Er schwieg einen Augenblick. »Ja, theoretisch schon. Wenn sie ihn zuerst niedergeschlagen und genügend kräftige Hände hat. Eine sportliche Frau, vielleicht? Haben Sie jemand bestimmten in Verdacht? Sie wissen, dass Sie dazu verpflichtet sind, alles zu sagen, was Sie wissen.«

»Ich weiß gar nichts. Ich kannte Herrn Busch doch gar nicht«, würgte sie heraus.

Sie war blass und hatte hektische rote Wangen.

»Ja, wenn es nichts weiter gibt, verabschiede ich mich jetzt«, sagte der Polizeibeamte lässig, legte grüßend zwei Finger an eine nicht vorhandene Mütze. »Von unserer Seite gibt's auch nichts, wir melden uns bei Ihnen.« Ich grüßte zurück, ich und du und der Kumpel vom Bau nebenan. Dann standen wir auf dem Flur.

Ich betrachtete nachdenklich den Trampelpfad, den unzählige schuldige und unschuldige, zeugnisablegende und angehörige Schuhe in den ältlichen Linoleumboden geschlagen hatten. Katrin stand ans Fensterbrett gelehnt, klammerte sich am Fenstergriff fest.

»Was ist los?«, fragte ich. »Du bist käseweiß!«

Sie schüttelte den Kopf, nahm mich bei der Hand.

»Los, komm!«, sagte sie. »Ich brauch jetzt 'nen Kaffee. Ich erzähl's dir, aber ganz bestimmt nicht hier.«

Wir fuhren in mein Stammcafé am Nollendorfplatz. Katrin trank, ohne ein Wort zu sagen und ohne mich anzusehen, zwei Milchkaffee und winkte der Bedienung nach einem dritten. »Ich hab Schwierigkeiten anzufangen.«

Ich nickte psychotherapeutisch und wartete.

»Vor zwei Jahren, nein, es sind schon fast drei, wollte ich von zu Hause ausziehen. Mein Vater und ich haben uns damals überhaupt nicht mehr verstanden. Er hat mir ständig dreingeredet, bei allem, was ich vorhatte. Was ich studieren sollte, welche Menschen gut für mich wären, wie ich meine Freizeit verbringen sollte, na ja, das Übliche halt. Ich war unheimlich sauer auf ihn. Und weil Grünau ja auch so weit draußen liegt, mit S-Bahn und Pendelverkehr und Umsteigen, hab ich angefangen nach einer Wohnung zu suchen. Vater war das natürlich nicht recht, deshalb hab ich's zum größten Teil heimlich gemacht. Zeitungen gekauft und Hausverwaltungen angeschrieben. So bin ich an Hans-Jochen Busch geraten.«

Sie lehnte sich zurück und schwieg, als die Bedienung den Milchkaffee brachte. Ich rührte in meinem Tee mit Rum.

»Du solltest Rumkandis probieren, wenn du Tee mit Rum trinkst«, sagte Katrin, »das ist echt kult.«

Ich nickte ermunternd.

»Ich hatte dann ein Treffen mit Busch in seinem Büro. Er hatte mein Schreiben auf dem Tisch, sagte, er hätte ein Herz für junge Menschen gerade aus dem Osten.«

»Ihhh!«

»Ich fand's auch rassistisch. So nach dem Motto: Ossis sind blöd, aber lieb. Aber irgendwie war ich auch froh über seine Aufmerksamkeit. Er hätte in einem seiner Häuser eine Einraumwohnung, ganz billig, weil noch nicht modernisiert. Wenn ich wollte, könnte er mit mir gleich dorthin fahren, dann könnte ich sie mir ansehen.«

»Und du hast eingewilligt?«, fragte ich schaudernd.

»Ich hab eingewilligt«, sagte Katrin mit eigentümlich ruhiger Stimme.

»Ich glaube, ich weiß, was jetzt kommt«, sagte ich.

Katrin nickte: »Frauen, geht nicht allein zu Treffen wegen Wohnung, Arbeit und so weiter und so weiter«, zitierte sie die ständige Anzeige der Notruffrauen in den Stadtzeitungen.

»Aber ich war ja so blöd, Deborah. So naiv. Woher hätte ich das ja auch wissen sollen, bei uns im Osten gab es diese Tour nicht. Jedenfalls hab ich niemals davon gehört.«

Sie schnipste Zuckerkrümel über den Tisch.

»Er war nicht gewalttätig. Musste er gar nicht, ich war viel zu eingeschüchtert, um mich zu wehren. Er war wirklich nicht gewalttätig.«

»Als ob das von Bedeutung wäre!«

»Es war auch gar keine freie Wohnung, sondern nur ein anderes Büro in so einem Hinterhof, ich wusste gar nicht, was da für Geschäfte gemacht werden, und dann waren da so schwarze Kunstledersessel, ganz klebrig auf der Haut, das tat weh. Es war Sommer, und ich hatte ein kurzes Kleid an, so ein rotes aus Baumwolle, wo man leicht … drunterkommt …«

Sie stand so plötzlich auf, dass die Tassen klirrten und überschwappten.

»Ich muss aufs Klo!«

»Hinten um die Theke und dann links.« Eine Welle von Mitleid schwappte wie Abwaschwasser über mich.

Sie ging mit großen Schritten durch den Kneipenraum, ein zarter, blonder Cherub in schweren Stiefeln, schwarzen Jeans und hellem Rollkragenpullover. Mit schmalem, langem Rumpf, schlaksigen Gliedern, die sich selbst davongewachsen waren. Allerdings täuschte der Eindruck, denn sie trainierte dreimal die Woche Karate und Aikido. In einem Baumwollkleid konnte ich sie mir kaum vorstellen.

Ich gönnte Hans-Jochen Busch einige Augenblicke lang sein unrühmliches Ende in einem Kohlenverschlag. Für diese Geschichte hätte ich ihn ebenfalls mit Hingabe stranguliert. Ich legte das Zuckertütchen aus der Hand, das ich seit geraumer Zeit würgte.

Als Katrin zurückkam, die Kiefer entspannter, die Fäuste wieder geöffnet, atmete ich ein paarmal tief durch. Sie setzte sich, lächelte sogar, ich lächelte zurück. Warum sollten wir uns von so einem Schweineschwanz unser eigentlich erfreuliches Kaffeestündchen verderben lassen?

»Geht's dir wieder besser?«

Sie entzog ihre Hand der meinen, ein stocksteifer, kleiner Engel, der das Flammenschwert vor sein Herz hält.

»Jaja, ich bin schon in Ordnung, Deborah. Nimm's dir nicht so zu Herzen. Ich bin bloß vorhin so erschrocken, als ich seinen Namen hörte.«

Keine Tröstung! Zutritt verweigert! Sie griff nach ihrer Tasse.

»Ich habe in den letzten Jahren möglichst nicht daran gedacht. Außer beim Karate. Du weißt gar nicht, wie viel Kraft frei wird, wenn man wütend ist. Seitdem arbeite ich auch im Frauenzentrum und in den Zufluchtswohnungen. Das hat mir sehr geholfen. Zu lernen, dass ich mich wehren kann, auf allen nur möglichen Ebenen. Und im Studium, in Publizistik, schreibe ich dauernd Hausarbeiten über *Frauen und Gewalt*, *Frauen im öffentlichen Raum*, *Frauen- und Männerrollen*. Ha, meinem Prof wird immer ganz schlecht, wenn er wieder eine korrigieren muss. Er steht nicht auf Gender Studies. Aber er kann kaum was dagegen machen, denn ich bemühe mich, hieb- und stichfest zu recherchieren und so brillant zu argumentieren, wie ich kann.«

»Bist du nicht zur Polizei gegangen? Womöglich warst du nicht die einzige, die er mit dieser Masche vergewaltigt hat.«

Sie schüttelte abwehrend den Kopf.

»Ich hab mich nicht getraut. Das Übliche! Ich hab mich geschämt, dass ich so dämlich war. Dafür schäme ich mich immer noch am meisten. Manchmal ... schäme ich mich so, dass mich niemand ansehen soll.«

»Hast du's überhaupt jemandem erzählt?«

Sie schüttelte den Kopf.

»Zuerst gar nicht. Das wäre doch ein gefundenes Fressen für meinen Vater gewesen, mich nicht von zu Hause ausziehen zu lassen. Als ich angefangen habe in den Zufluchtswohnungen zu arbeiten, hat es mir irgendwann eine Frau auf den Kopf zugesagt. Die haben ja Erfahrung mit solchen psychologischen Sachen. Da habe ich ihr davon erzählt. Ich wollte wissen, wie ich ... irgendwann nicht mehr dran denken kann. Sie sagt, es ist wie eine Verletzung, die heilen muss, und was mir dabei helfen kann, muss ich selbst herausfinden. Meine Mutter und meine Schwester sind zwei Jahre vor der Wende in den Westen abgehauen. Manchmal denke ich, das war auch so eine Verletzung für Papa und mich, nur haben wir überhaupt nicht gewusst, was wir damit machen sollten. Wir sind nur wie die Kaninchen ganz nah zusammengerückt und haben nie mehr über Mutti und Franka geredet ... Vor einem Jahr habe ich meinem Vater von ... von der Sache mit Busch erzählt. Das war wirklich belastend. Ihm habe ich allerdings die Einzelheiten erspart, nur gesagt, dass es passiert ist und wer es war. Weil ... manchmal habe ich immer noch Angst, allein zu schlafen, und dann fahre ich immer raus nach Grünau. Und Papa war aufgefallen, dass ich plötzlich wieder viel öfter auftauchte. Er hat gemerkt, dass ich mich verkrieche. Dass ich Angst vor dem Alleinsein habe. Dass ich es manchmal nicht in meiner Wohnung aushalte und manchmal nicht rausgehe, nicht mal zum Einkaufen.«

Sie drehte eine Haarsträhne zu kleinen Krissellocken.

»Das Erzählen wird leichter mit der Zeit. Ich wollte ihn die ganze Zeit vergessen, und jetzt ist er plötzlich tot«, sagte sie nachdenklich. »Es ist schon komisch, ich hätte ja geradezu ein Motiv, ihn umzubringen. Stell dir vor, vielleicht wusste ich, dass ihm die Wohnung gehört, und als wir einen Termin mit ihm hatten, habe ich ihm vor dem Termin mit uns dort aufgelauert. Ich habe ihn erwürgt und in das kleine Kabuff geschleift. Danach bin ich in unser Büro gefahren und habe mich dort mit dir getroffen. Und dann haben wir ihn gemeinsam entdeckt.«

»Eine gelungene Rekonstruktion des Tathergangs. Nur leider vergisst du dabei, dass er schon ein paar Tage gelegen hat. Aber vielleicht war es eine andere, die er vergewaltigt hat. Vielleicht dort in der Wohnung. Ob man der Polizei nicht diesen Tipp geben sollte?«

Ich sah in ihr weißes Gesicht.

»Allerdings müsstest du dann aussagen. Du wärst für die Bullen wahrscheinlich wirklich eine Verdächtige. Und das Ganze würde en detail aufgerollt. Und wenn es tatsächlich eine solche Frau gewesen ist, dann weiß ich nicht, ob ich es nicht lieber unter *ausgleichende Gerechtigkeit* verbuchen wollte. Trotzdem würde mich interessieren, wer es war.«

Ich sah zweifelnd ihre schmalen, kleinen Hände.

»Du warst es jedenfalls nicht, außer du hast irgendeinen asiatischen Geheimtrick. Du wärst wohl kaum in der Lage, jemanden zu erwürgen, Kampfsporttraining hin oder her. Für eine Würgerin sind deine Hände nicht kräftig genug. Zu klein, zu wenig Muskeln.«

Sie lächelte.

»Ach, das liegt in der Familie. Meine Mutter ist noch einen halben Kopf kleiner als ich, und meine Schwester ist auch so ein Handtuch. In unserer Familie wäre wohl nur mein Vater in der Lage, jemandem wirkungsvoll den Hals zuzudrücken. Der hat wenigstens breite Hände, wenn er auch sonst einigermaßen zierlich ist. Wenn wir anderen jemanden in dieser Weise töten wollten, würde derjenige wahrscheinlich an Altersschwäche eingehen.«

Jetzt lachten wir beide. Gott sei Dank lachten wir wieder, und sie nahm meine Hände mit jener familiären Geste zwischen ihre.

»Das Erzählen wird wirklich leichter! Danke, Deborah, jetzt bin ich wieder auf dem Posten!«

Ich widerstand dem Impuls, ihr übers Haar zu streichen. Ich war nicht Mutti, und es würde auch nicht alles wieder gut. Höchstens leichter zu ertragen. Stattdessen sah ich auf die Uhr: »Und was machen wir jetzt?«

»Machen?«

»Ja, schließlich habt ihr immer noch keine Wohnung für euer Projekt. Das soll doch über die Bühne. Lass uns zu mir fahren.«

»Zu dir?«

»Ja, mit ein paar Maklern telefonieren. Vielleicht können

die uns gleich ein paar Angebote rüberfaxen, und wir machen Besichtigungstermine aus. Mit Kalb will ich allerdings nicht mehr arbeiten, der ist mir zu unseriös. Außerdem reicht mir eine Leiche fürs erste. Eine Unverschämtheit, uns so eine Bruchbude anzubieten. Die Erben werden sich freuen über das Ding. Ich hoffe, sie schlagen das Erbe aus. Das Haus passt zu Busch. Aus allem Kapital schlagen, was sich bietet.«

»Einschließlich aus potenziellen Mieterinnen«, sagte Katrin leise und winkte der Bedienung.

Als wir in meine Wohnung kamen, blinkte weit sichtbar das Licht am Anrufbeantworter. Es war Louise: »Hallo, Deborah, hier Louise. Leider habe ich hier in Dresden nur deine Antwortstimme, um mich daran zu erfreuen. Aber es geht mir gut, ich konnte in Zürich einige geschäftliche Dinge klären und habe mit einem wunderbaren Blick auf den Zürichsee zu Mittag gegessen. Der einzige Wermutstropfen ist, dass du nicht hier bist. Du fehlst mir! Ich habe hier noch einen kurzen Termin und fahre heute noch zurück nach Berlin. Vielleicht hast du Lust, mich um fünfzehn Uhr dreizehn in Lichtenberg abzuholen. Aber ich versuche noch einmal, dich zu erreichen, bevor ich losfahre. Herzlichste, allerherzlichste Grüße.«

Klick!

Ich ging in die Küche, um Teewasser aufzusetzen.

Katrin sah mit einem unergründlichen Gesichtsausdruck den Anrufbeantworter an, schlich durch die Wohnung. Ich bemerkte durch die Tür, wie sie Einzelheiten registrierte: das einsiedlerische Kissen im ungemachten Bett, der unbeweibte Morgenmantel im Bad. Schließlich kam sie zu mir in die Küche: »Ist das deine Freundin da auf dem Anrufbeantworter? Deine Geliebte, meine ich?«

»Weder das eine noch das andere. Sie ist Besitzerin eines recht exklusiven Schuhladens, *Delbrouck*, wenn dir das was sagt. Anscheinend hat sie mich neuerdings zu ihrer Steuerberaterin erkoren, aber ich weiß nicht, warum. Ich habe dafür keinerlei besondere Qualifikationen. Magst du Earl-Grey-Tee?«

»Ja. Würdest du wollen, dass sie deine Geliebte wird?«

Ich horchte auf den Tonfall der Frage. Hintergedanken? Zu schön, um wahr zu sein! Deborah, mach dir nichts vor, du bist zehn Jahre älter als sie, was soll das Mädel an dir alten Kuh finden. Aber Louise war auch zehn Jahre älter als ich. Ich könnte ja beides im Auge behalten und inzwischen Tee aufgießen, Tassen und Kekse auf ein Tablett stellen und sie in mein Arbeitszimmer tragen.

Für diesmal hörte ich mich sagen: »Ach, Louise ist eine ziemlich aufregende Person, aber ich glaube, einige Delbrouck-Schuhnummern zu groß für mich. Ich kann sie schlecht einschätzen!«

Wir nahmen samt Teetablett und schnurlosem Telefon auf meinem Dienstsofa Platz.

»Hast du denn eine Beziehung, Katrin? Einen Freund, eine Freundin?«

»Nein«, sagte sie scharf, »ich habe Besseres zu tun! Und ganz sicher habe ich keinen Freund! Ganz sicher nicht.«

Ich goss Tee ein und gab ihr die Tasse, legte freundschaftlich den Arm um sie, was wir beide recht erfreulich zu finden schienen. Mit der Teetasse am Mund kuschelte sie sich in meinen Arm, schlürfend und nuckelnd. Ich genoss diesen Zustand, bis mir der Arm einschlief.

»Komm, lass uns mal anfangen zu arbeiten.«

Schließlich war dies ein Dienstsofa.

Wir riefen einige Makler an, beschrieben unsere Vorstellungen, darauf krochen Faxpapierschlangen mit Grundrissen und Daten aus meinem Fax, über die sich im Folgenden unsere Köpfe beugten.

»Sieh mal, Prenzlauer Berg, fünf Zimmer, kein Durchgangszimmer. Frisch renoviert und die U-Bahn in der Nähe. Das sollten wir uns mal ansehen.«

»Oder schau mal, hier: Friedrichshain, sechs Zimmer zum gleichen Preis. Aber zwei davon sind recht klein. Und die Gegend ist scheußlich. Kein bisschen Grünanlage in der Nähe.«

»Das wirst du da am Prenzlauer Berg auch nicht finden.«

»Doch, den Mauerpark!«

»Der ist für die kleineren Kinder zu weit weg!«

Unsere Köpfe beugten sich weiter über Linien, Quadratmeterangaben, Preisangaben, unsere Finger fuhren auf dem Stadtplan hin und her. Ich bemerkte mit einem Mal, dass ich begann auf doppelte Weise wahrzunehmen. Hier die Linien des Grundrisses, dort die Linien von Katrins Handgelenk, ein schmaler, langer Flur, ihre schmalen, langen Finger, die den Grundriss nachzogen, die Krümmung der U-Bahn-Linie und die Neigung ihres Halses über den Stadtplan. Das eine geschäftlich, das andere mit unverhohlener Bewunderung. Es fehlten mir heiße Küsse und ein Bett. Die Vitamin-C-Tablette war eventuell entbehrlich.

»Prenzlauer Berg. Der Vermieter ist privat, die Frage ist, ob der unser Projekt überhaupt nimmt.«

»Hans-Jochen Busch war auch ein Privatvermieter.«

»Deborah, hör auf! Der war nur ein Schwein, das sich bereichern wollte. Wahrscheinlich können wir froh sein, dass wir bei ihm nicht unterschrieben haben. Außerdem: Verdammt, ich will diesen Namen nie wieder hören!«

»Entschuldige, Katrin. Ich kann das nicht so einfach vergessen. Nicht nach dem, was du mir vorhin erzählt hast.«

»Das ist meine Geschichte, nicht deine, und ich will sie endlich vergessen. Ich bin nicht das Opfer von damals.«

»Und du willst nicht wissen, wer es war?«

»Nein. Heute Morgen stand etwas darüber in der *taz*. Er sei ein Bauspekulant gewesen, ein Miethai, hätte Häuser aufgekauft und sie dann mit seiner eigenen Firma saniert und nur Schwarzarbeiter zu Dumpinglöhnen beschäftigt. Ich will über all das nichts wissen. Mir reicht es, zu wissen, was er mit mir gemacht hat.«

»Mich macht es kribbelig, dass ich nicht weiß, wer es war und warum. Ich bin leider zu neugierig. Was bringt einen Menschen dazu, einen anderen zu erwürgen?«

»Hass!«

»Hättest du ihn umbringen wollen?«

»Nein. Doch! Beim Karate habe ich ihn manchmal umgebracht. Ein gezielter Schlag in den Bauch, einer gegen die Halsschlagader, ein kleiner Tritt in die Genitalien ... Deborah, ich möchte nicht ... bitte lass uns weitermachen! Schau mal, diese Wohnung. Auch in Friedrichshain, Boxhagenerstraße. Das ist da, wo er damals mit mir hingefahren ...« Sie biss die Zähne zusammen, schmiss das Blatt wütend auf den Papierhaufen. »Ich will nicht heulen«, knirschte sie, »es gibt überhaupt keinen Grund!«

Trotzdem erlaubte sie mir, sie zu umarmen, erst zum Trost, zur Beruhigung, aus dem puren Bedürfnis nach Berührung, dann, weil ich gekonnt die Linien, die Biegungen nachzog, so wie vorher auf den Wohnungsplänen. Weil ich wartete und aufmerksam war. Die scheuen Annäherungen als Geschenk nahm.

Das rote Baumwollkleid fiel mir ein, bevor ich mich unter den Rollkragenpullover vortastete. Das gewalttätigen Klauen so einfach zugänglich gewesen war.

»Gib mir deine Hände«, flüsterte sie, »dann brauchst du nicht so zaghaft zu tun.« Ich ließ mich führen, eine aufregende Mischung aus Aktivität und Geschehenlassen.

Mitten in die Erkundungsreise unter den Rollkragenpullover hinein klingelte das Telefon, und der Anrufbeantworter spulte einen eifrigen Makler ab, der um sofortigen, dringenden Rückruf bat. Er habe genau die richtige Wohnung für uns, und wir sollten sie gleich, jetzt, heute, morgen besichtigen. Er könne sie freihalten, aber nicht allzu lange.

»Wir haben jetzt keine Zeit«, flüsterte Katrin, »ich habe eine Menge aufzuholen, was ich mich in den letzten Jahren nicht getraut habe.«

Als sie mir die Jeans aufknöpfte, langsam wie im Film, klingelte zum zweiten Mal das Telefon.

Kurz vor dem letzten Knopf schaltete sich der Anrufbeantworter ein. Am anderen Ende war eine gutgelaunte, hinreißend flirtende und sehr verliebte Louise.

Somit blieb es beim vorletzten Knopf.

»Klär erst mal deine anderen Geschichten«, fauchte mein Cherub. »Und vergiss nicht, den Makler zurückzurufen. Wir sehen uns bei der Wohnungsbesichtigung. Du kannst mir den Termin aufs Band sprechen, ich bin zeitlich flexibel!«

Ließ mich mit offenem Hosenstall sitzen.

Was er in der nächsten Stunde blieb, zumindest in psychischer Hinsicht.

Dann raffte ich mich verdrossen auf, machte einen Termin mit dem Makler und fuhr hinaus zum Bahnhof Lichtenberg. Kaufte am Kiosk eine Zeitung, vielleicht gab es neue Schlagzeilen im Fall Heppler oder Busch, und setzte mich mit Blick auf den sich mit beständigem Klappern aktualisierenden Fahrplananzeiger ins Bahnhofsrestaurant. Ich trank einen Milchkaffee (Paris! Rom! Madrid!), dann einen Amaretto (Milano, Firenze, Napoli), dann eine heiße Schokolade (Brüssel, Amsterdam, Kopenhagen, Stockholm).

Nichts ist genussvoller, als Menschen beim Reisen zu beobachten. Eine Treppe führte hinunter zu den Gleisen, und von dort herauf drang der Duft des Unterwegsseins.

Eine Frauenstimme machte über Lautsprecher Fahrgäste auf die Abfahrten und Ankünfte aufmerksam: »Auf Gleis sieben wird bereitgestellt der Nahverkehrszug nach Falkensee. Planmäßige Abfahrt fünfzehn Uhr acht.« Sie sprach »Falkensee« aus wie den Ort meines einzigen Suchens und Sehnens. »Auf Gleis vier steht zur Abfahrt bereit der Interregio über Flughafen Schönefeld, Lutherstadt Wittenberg, Merseburg, Naumburg, nach Erfurt.«

Erfurt klang wie eine europäische Metropole, auf Merseburg, Naumburg, Wittenberg ruhte die Last Hunderter Jahre Geschichte. Und wieder der Wohlgeruch der Ferne, von offenen Türen in die Welt. Vom Zustand des Aufbruchs und des Pendelns zwischen Orten und Wirklichkeiten. Um fünfzehn Uhr zehn machte ich mich auf den Weg zu den Bahnsteigen.

Louise war nicht sehr weit fort gewesen und auch nicht lange. Aber ich konnte das Reisen spüren, das sie mitbrachte. Den Fahrtwind in ihrer Kleidung, ihrem leichten Gepäck. Die Bewegung des fahrenden Zuges in ihren Augen noch, als sie mich entdeckte und die Arme ausbreitete. Sie trug wieder graue Schuhe, Knöpfstiefel diesmal, mit dunkelrot gesteppten Nähten. Ob sie sich ihre Schuhe maßanfertigen ließ? Von jemandem, der ihren Spleen verständnisvoll belächelte und freudig alle nur möglichen Kreationen in Graurot produzierte?

Lächelnd ging ich ihr entgegen und spürte ihr Ankommen in meinen Armen. Wieder einmal sah sie mich an, als wäre ich das unverdiente Wunder ihres Lebens.

»Du bist tatsächlich gekommen!«, rief sie so hingerissen wie bei *Frisch und Froh*.

»Natürlich, wir waren ja verabredet«, nahm ich das Stichwort auf.

»Ach, Deborah, ich bin froh, wieder hier zu sein! Ich musste diese Termine dringend wahrnehmen, aber es ist falsch, wegzufahren, wenn zu Hause die Liebe wartet.«

Wir gingen Arm in Arm den Bahnsteig hinunter und hinüber zum Parkplatz. Wenn zu Hause die Liebe wartet? Immerhin hatte sie sich nicht ins Ausland abgesetzt. War sie so davon überzeugt, dass ich sie im Knast besuchen würde?

»Du bist mit dem Auto da? Hast du Lust, noch ein paar Schritte zu laufen, bevor es dunkel wird? Ich bin seit Tagen nicht spazierengegangen. Ich würde so gern noch ein paar Bäume sehen, die nicht als Außendekoration hinter einer Fensterscheibe dienen.«

Wir fuhren Richtung Osten, bis wir die Stadtgrenze erreichten, stellten das Auto an den Straßenrand und bogen zu Fuß in einen Feldweg ein.

Das regnerische Wetter der letzten Tage hatte den Boden aufgeweicht, hatte Matschpfützen in den Fahrrinnen hinterlassen, doch die Grasbüschel dazwischen und die gewellten Ackerböden lagen in gefrorenen, knirschenden Brocken. Unter den Büschen glitzerten Eiskristalle, hing das Rot greisenhafter Hagebutten.

»Ein klarer Fall für Delbroucksche Botten«, lächelte Louise und hob den Kopf vom glitschigen Spazierweg ins Weite:

Äcker zu beiden Seiten der Landstraße, Hecken als Windschutz, kleine Baumgruppen auf den Hügeln, Krähen in den Senken, die einander krächzende Nachrichten zuriefen. Sonst kein Geräusch als unsere Schritte und das Brummen einzelner Autos auf der Landstraße, umso leiser, je weiter wir uns davon entfernten. Arm in Arm spazierten, balancierten wir über brandenburgisches Januarflachland. Die Luft war frisch, und langsam stieg eine stille Dämmerung aus den Hecken.

Sobald die Sonne hinter der Horizontlinie verschwand, wurde es kalt.

Die Frau neben mir, weich wie die Berührung der Geliebten, griff mir unter die Jacke, wühlte sich durch Pullover- und T-Shirt-Schichten und streichelte meinen Rücken. Es zog auf der nackten Haut, doch es war wunderbar, und ich seufzte beglückt: »Ich bin auch froh, dass du wieder da bist. Man soll nicht wegfahren, wenn zu Hause die Liebe wartet.«

Sie lachte und hielt sich an meinem Arm fest, um nicht im Matsch auszurutschen. *Delbroucksche Botten* waren wohl nicht die ultimative Wanderkleidung.

»Was hast du eigentlich gemacht in Zürich und in Dresden? Laufen die Importe aus Italien denn über die Schweiz? Das ist doch umständlich. Und was sind das für Kontakte nach Dresden?«

Ich musste kichern. »Oder verkaufst du neben Schuhen heimlich auch noch Schoggi und Christstollen. Das wäre doch ein neuer Marketinggag für den sechsten Dezember: *Sweets and Shoes.*«

Sie schien die Idee alles andere als komisch zu finden. Ihr Schweigen war eisern und klirrend wie die abendliche Kälte.

Ein kleiner, blasser Mond hängte sich in eine Gruppe von weiß- und schwarzgefleckten Birken.

Bäume, die auch im Sommer Winter haben, hatte ich sie als Kind genannt.

»War nur ein Witz, Louise. Würde sowieso nicht zum Delbrouck-Image passen. Alexander Heppler hätte das vielleicht machen können, die Scarpe-Kundschaft hätte das komisch gefunden.«

Sie ließ meine Hand los, sah mich an, wie man Schimmel im Marmeladeglas mustert.

»Wie kommst du auf Heppler?«

Oh, Mist!

»Einfach nur so. Es ist doch so viel über seine Ermordung geschrieben worden in den letzten Tagen. Eben am Bahnhof habe ich gelesen, dass sich *gewisse Verdachtsmomente erhärten*, es aber nach wie vor keine deutliche Spur gebe. Erzähl doch lieber von deinen Züricher Geschäften.«

Sie holte ihr Zigarettenetui aus der Umhängetasche, klaubte eine heraus, suchte nach dem Feuerzeug.

»Warum willst du unbedingt etwas darüber wissen? Willst du mich aushorchen, ob ich zu viel Schokolade fresse, oder die Schweizer Kühe ausrotte, indem ich Kalbslederstiefelchen aus ihnen machen lasse? Wo ist denn dieses verdammte ... Ach, hier!«

Ich gab ihr Feuer, hielt schützend meine Hand über die Flamme.

»Sei doch nicht so gereizt. Wenn ich deine Steuer machen soll, muss ich ja wohl oder übel was über deine geschäftlichen Angelegenheiten wissen. Und ich habe dir gesagt, dass ich kein Crack bin, was Import und Export angeht, also wäre es nett von dir, mir ein paar Stichworte zu geben, damit ich mich einarbeiten kann.«

»Die Reise nach Zürich hat überhaupt nichts mit dem Laden zu tun.«

»Warum warst du dann da? Du hast es einen Geschäftstermin genannt.«

»Himmel, Deborah, das geht dich nichts an!«

»Ach, das geht mich nichts an, ja? Wer liegt mir dauernd in den Ohren, ich soll mich um die Delbrouck-Steuern kümmern? Wer wollte einen Termin vereinbaren? Habe ich vielleicht darum gebeten? Verarscht hast du mich, mit deinem Geschäftsessen bei *Frisch und Froh*! Warum hast du dich nicht privat mit mir verabredet? Hattest du Angst, ich würde dir einen Korb geben? Was sollen diese verklausulierten Botschaften? Was steckt hinter deiner Geheimnistuerei?«

»Ich habe keinerlei Ahnung, was du meinst. Vielleicht könntest du heute Abend einfach nur nett zu mir sein. Ich hatte viel Stress in den letzten Tagen, bin müde und vielleicht ein bisschen anlehnungsbedürftig. Lass uns einfach spazierengehen und die Landschaft genießen. Warum muss man denn immer reden?«

»Weil dein Verhalten nicht ehrlich ist!«

»Ich will zurückfahren. Anscheinend kann man mit dir gerade nicht normal reden. Und ich bin zu erschöpft, um mich anschreien zu lassen. Außerdem wird es dunkel.«

»Wie du willst!«

Ich drehte mich auf dem Absatz um und stapfte den Weg entlang zum Auto. Stopfte den Pullover wieder in die Hose. Ha, das romantische Januarflachland!

Lehnte mich demonstrativ unfreundlich an mein Auto, wartete mit abgewandtem Gesicht, bis sie sich vorsichtig den Weg zurückgetastet hatte und eingestiegen war. Dann stieg ich ebenfalls ein, wendete den Wagen und fuhr zurück in die Stadt.

Rechts und links der Straße tauchten die ersten Vororthäuschen auf, dann kamen die Plattenbauten, deren Lichter in den kleinen Fensterchen sie aussehen ließen wie überdimensionierte Adventskalender; die ersten geschlossenen Straßenzüge von Altbauten, dann die majestätische, distanzierte Zuckerbäckerarchitektur der Frankfurter Allee, die mich immer an Madrid erinnert; die so kosmopolitisch anmutet, dass sie mir fremd ist in so einem architektonisch aufgemotzten Provinznest wie Berlin.

Anscheinend hatte ich heute die Gabe, mich bei potenziellen Geliebten schnell und nachhaltig unbeliebt zu machen.

»Sprichst du noch mit mir?«, fragte ich hinüber.

»Wenn du die Güte hast, mich nicht mehr anzuschreien.«

»Louise, verstehst du denn nicht? Ich bin nicht dein Schoßhündchen. Außerdem habe ich nicht geschrien.«

»Ich habe dich nie als Schoßhündchen wahrgenommen.«

»Aber du behandelst mich so. Du spielst mit mir. Bedienst dich meiner Zuneigung. Ich weiß nie, woran ich mit dir bin. Die ganze Zeit habe ich das Gefühl, dass du mich benutzt. Irgendwas gibt es in deinem Leben, was du mir verschweigst, wofür ich aber herhalten soll.«

»Und wenn es so wäre?«

»Dann will ich nichts damit zu tun haben.«

»Und wenn es nicht so wäre?«

»Es ist aber so.«

»Paranoides Geschwätz! Halt an, ich nehme ein Taxi!«

»Louise! Warum hast du mich im Park geküsst? War das echt oder Kalkül?«

»Halt an! Du kannst mich anrufen, wenn du dich ausgeschlafen hast oder was immer gerade los ist.«

»Gut, dass du jetzt auch noch einen Sündenbock gefunden hast.«

»Halt an. Ich lasse mir keine geschmacklosen Unterstellungen bieten!«

Ich hielt mit quietschenden Reifen.

Sie stieg aus, raffte ihre Reisetasche vom Rücksitz, knallte die Tür zu. Öffnete sie noch einmal und zischte herein:

»Nicht *Sündenbock*, Herzchen, *Ziege* heißt das, *Ziege*!«

Dann sah ich wieder einmal einen grauen Mantel davonwehen.

Als ich nach Hause fuhr, hatte ich Angst. Angst vor dem, was ich in den nächsten Minuten und Stunden von Louise denken würde. Angst vor dem, was in mich hineinkriechen würde, wenn ich meine Straße hinunterging, deren Bäume ihre kahlen Äste hilfesuchend in den Himmel streckten. Angst vor Misstrauen und Wut, und davor, wie sich die Zuneigung, die ich für sie empfand, damit vermischen würde zu einer unverdaulichen Melange.

Ich parkte das Auto.

Fahles Licht zwischen den Häusern, Straßenlaternendämmerung, und die Häuser lagen in den Straßen wie gebleichte Knochen. Weit entrückt und hinter einem Schleier von Kälte und Müdigkeit.

Dass die Bäume, die Häuser, die Menschen vor mir zurückwichen, war ein vertrautes Gefühl; dass ein leerer Raum um mich entstand, niemand mehr meinen Weg kreuzte, nicht einmal mehr meinen Blick.

Ich kannte das Gefühl aus Kinderzeiten, an fahlen Wintertagen wie diesen. Am frühen Morgen, wenn alles noch schlief, während ich mich durch leere Straßen zur Schule schlich und schwach erleuchtete Schaufensterscheiben vor Einsamkeit wimmerten.

Wenn ich im gelbgestrichenen Schulzimmer ankam, auf meinen Stuhl kroch, hinterste Bank Fensterreihe, und in das graue Weiß hinaussah, wie der Tag sich freudlos vom Hofpflaster in die kalte Luft erhob, dann wich die Empfindung einer dumpfen, warmen Müdigkeit. Oft zog ich die Füße auf den unbequemen

Stuhl, legte den Kopf darauf und wartete, bis sich in meinem Inneren die Organe wieder mit Licht und Wärme gefüllt hatten, auch wenn sie von der funzeligen Qualität einer Klassenzimmerbeleuchtung herrührten.

Als Kind hatte ich mich gefragt, ob sich Sterben so anfühlen könnte: Alle weichen zurück, bis man sich in einem großen, leeren Raum wiederfindet, in dem das eigene Innere widerhallt. Leider gab es niemanden, der mir darauf hätte antworten wollen, und um Alexander Heppler oder Hans-Jochen Busch danach zu fragen, war es jetzt zu spät.

Als ich meine Jacke auszog, spürte ich das graurote Brillenetui in der Innentasche.

Ich hatte es seit Tagen mit mir herumgetragen, und es war so sehr zu einem Stück von mir geworden, dass ich es bis zu diesem Moment nicht mehr gespürt hatte. Geschweige denn, dass ich Louise im beginnenden Rausch der Verliebtheit danach gefragt hätte.

Meine Wohnung war kalt, und ich drehte die Heizung auf bis zum Anschlag. Ich sehnte mich danach, zu ihr zu fahren, zweiter Stock links und dann über den taubenblauen Flurläufer, übers glänzende Parkett in ihre Arme. Der Gedanke daran schmerzte, ein schneidender und anhaltender Schmerz.

Wenn das Brillenetui nicht gewesen wäre ... Und Herr Stützli in Zürich, der mich nichts anging.

Der Makler mit der unwiderstehlichen Wohnung wollte uns am nächsten Tag um zehn Uhr im Prenzlauer Berg treffen, und so wählte ich Katrins Nummer, um eine Nachricht auf ihren Anrufbeantworter zu sprechen. Doch dann war sie selbst am Telefon, niedergedrückt, immer noch ärgerlich und erbärmlich traurig. Zehn Uhr? Ob ich nicht vorher bei ihr vorbeikommen wolle, das sei doch ganz in der Nähe. Ob ich nicht gleich vorbeikommen wolle zum Reden, bat sie. »Es gibt Tee mit Rumkandis.«

In den letzten Tagen wollten eindeutig zu oft Frauen nicht mit mir über gewisse Dinge reden, also gönnte ich mir das masochistische Vergnügen, über Leichen und Liebeskummer zu reden.

Er war kalt geworden. Die wenigen Menschen auf der Straße hatten eisig dampfende Atemwolken vor dem Mund. Eine ganze Stadt voller Dampflokomotiven. Ich vergrub die Hände in den Jackentaschen und zog den Kopf ein, als ich zum Auto ging, um mich durch die baustellengequälte Innenstadt in den Prenzlauer Berg zu begeben.

Katrin wohnte an der Bornholmer Straße, nahe dem ehemaligen Grenzübergang, an dem die deutsche Einheit ihren allerersten Anfang genommen hatte. Das Viertel war seit Jahren eine Mischung aus hektischer Bautätigkeit als internationaler Verkehrsknotenpunkt und verträumten Dornröschenschlaf in den von der freien Marktwirtschaft noch nicht entdeckten Seitenstraßen und Hinterhäusern. Wege, die immer noch an der innerdeutschen Grenze endeten.

Bis jetzt hatte Katrin immer auf der Straße auf mich gewartet, geschützt durch die fehlende Adresse, die Telefonnummer, die nicht im Telefonbuch steht, die Tür ohne Namensschild. Man ist geborgen in der Masse der Großstadt-Termiten.

Nun ging ich durch die Toreinfahrt des Vorderhauses über den Hinterhof mit den berlintypischen Vier-mal-vier-Meter-Abmessungen, betrat den Seitenflügel mit seinen speziellen Gerüchen nach Mauerwerk, Holztreppen und Feuchtigkeit. Ein Treppenhausgeruch, der vielleicht zu einem Katrin-Vorfreude-Geruch würde werden können. So wie vielleicht das Knarren der notdürftig ausgebesserten Stufen in seinen spezifischen Berliner Hinterhaustönen ein Vorfreudeknarren werden würde. Ich wollte nicht, dass sie sich elend fühlte. Ich wollte sie im Kampfanzug sehen, wütend.

An der Tür stand kein Name, und es gab kein Klingelschild. Nichts wies darauf hin, wessen Behausung das war. Die Tür war in jenem Braun gestrichen, das entsteht, wenn man alle Farbreste des Wassermalkastens zusammenmischt, zu dunkel als Vorstreichfarbe, aber genauso unwirtlich, eine Aufforderung, wieder zu gehen und auf keinen Fall zu klingeln. Und so gab die Klingel auch keinen Ton von sich. Alles an dieser Tür sollte zurückweisen, abschrecken. Aber sie hatte am Telefon »Seitenflügel, erster Stock, links« gesagt. Ich klopfte zweimal laut und vernehmlich.

Das »Ja?« hinter der Tür war so einladend wie die Tür selbst.

»Ich bin's, Deborah«, sagte ich und sah auf die Farbe, die von den Schnörkeln und Verzierungen des Türrahmens abblätterte. Ich hörte, wie ein Riegel beiseite geschoben wurde, hörte das Klirren einer Sicherheitskette, das Drehen eines Schlüssels, dann öffnete sich die Tür. Gerade so weit, dass ich in Augenschein genommen werden konnte.

»Ich bin's nur«, sagte ich noch einmal.

Sie öffnete die Tür ganz. Hatte dicke Wollsocken an, gleichgültig grau, nicht inszeniert wie Louises Socken. Sie trug ausgewaschene Jeans und ein blaukariertes Baumwollhemd, das an ihr schlotterte wie an einem Kleiderständer. Das Haar hing ihr ins Gesicht, so zufällig, als hätte es tagelang keinen Kamm gesehen. Was war seit heute Morgen passiert? War dies das Gesicht, das niemand sehen sollte? Das sich tagelang verkroch?

Unter ihrem Blick zog ich den Kopf ein und lächelte, um zu zeigen, wie ungefährlich ich war.

»Entschuldige wegen heute Morgen, Katrin.«

»Ist okay, ich bin ja selbst schuld, aber vielleicht reden wir nicht hier im Hausflur darüber, wenn du's irgendwie einrichten kannst«, sagte sie grob und drehte den Kopf in Richtung der anderen Wohnungstüren.

»Ja, natürlich. Aber dazu müsstest du mich hereinlassen. Ich dachte, vielleicht möchtest du mich nicht in deiner Wohnung haben und –«

»Komm rein«, unterbrach sie mich, »du siehst nicht aus wie der böse Mann. Und wenn, dann bin ich ziemlich gut in Aikido. Jedenfalls inzwischen.«

Ich ging an ihr vorbei in die Wohnung, und sie knallte die Tür hinter uns zu. Der schmale Flur war dunkel und stickig.

»Selbstverteidigung ist immer gut«, sagte ich.

»Geh mal durch ins Zimmer.«

Ich tappte den Flur hinunter, in Richtung einer fernen Lichtquelle, an zwei Türen vorbei, nahm schemenhaft aufgereihte Schuhe wahr, Körbe mit Klamotten und Tüchern, zusammengeknüllten Plastiktüten und Baumwolltaschen. Stieß mit dem Fuß gegen einen Kohleneimer.

»Vorsicht!«, sagte sie. »Der Flur ist ziemlich verstellt.«

So wie das Zimmer. Mit einem einzigen Augenschwenk hatte ich fünf große Möbelstücke im Blick, alles hässliche Dreißigerjahre-Stücke, klobig und aus billigem Holz. Jedes einzelne zu gebrauchen, um sich auf Jahre darin zu verkriechen. Der Teppichboden hatte die Farbe von vertrockneten Kastanien. Darauf ein angejahrter Flokati. Die Wände waren verblichen pissgelb gestrichen.

Irgendwoher kam leise ein schwarzes, schlankes, schnurrhaariges Wesen und warf seinen dicken Kopf gegen Katrins Schienbein.

»Das ist Rigoletto«, sagte sie und kraulte das schwarze Fell.

»Wie heißt er? Wie der Rigoletto aus der Oper?«

»Ja. Mein Vater hat ihn mir damals als kleines Kätzchen zum Umzug geschenkt, damit ich nicht so alleine bin, wenn ich nach Hause komme. Der Name ist ein Scherz. *Das Alter ego eines Vaters, der vergeblich versucht, seine Tochter vor der grausamen Welt zu beschützen*, hat er gesagt. Oper mit tragischem Ausgang: Tochter schön und tot, Vater ein Narr und ein unglücklicher Held. Wenn er gewusst hätte, wie nah er damit der Realität kommt.«

»Ist er ein Narr?«

»Ein Narr und ein unglaublicher Held? Ich glaube, manchmal hält er sich dafür. Er ist ein bisschen realitätsfern, weißt du. Vor der Wende hatte er irgendeinen Schreibtischposten, der dann abgewickelt wurde. Sie haben ihn in den Vorruhestand geschickt. Eigentlich wollte er gern Kunst und Kunstgeschichte studieren, aber du weißt ja, wie das bei uns war. Sie haben ihm den Studienplatz verweigert, weil mein Opa ein Nazi war. Opa war Ingenieur und hat im Krieg Kampfflugzeuge gebaut. Papa hat Architektur und Bilder lieber. Am liebsten malt er Aquarelle, oder er zeichnet mit Kohle. Zurzeit hat er es mit japanisch streng und karg, ich glaube, weil er sein Leben sonst so chaotisch findet. Er kommt sich so nutzlos vor, alles ist aus den Fugen.«

Der Kater hatte gelbe, intelligente Augen. Als ich meine Hand ausstreckte, zog er die Ohren zu zwei wachen Fellpyramiden zusammen, legte sie zurück und knurrte angriffslustig.

»Psscht, Rigoletto, halt die Klappe. Ist in Ordnung«, sagte Katrin leise. Der Kater sah sie aufmerksam an wie ein Hund.

Katrin nahm einen Haufen Kleider von der Couch unter dem Hochbett, warf ihn auf den Boden. »Setz dich doch.«

Ich zog die Jacke aus und suchte nach einem leidlich fusselfreien Platz, um sie abzulegen.

Der Kater knurrte.

»Du musst keine Angst haben. Rigoletto springt dir nicht plötzlich ins Gesicht. Im Grunde ist er so ein Schisser wie ich. Ein Angstbeißer, Papa hat ihn in einer Mülltonne gefunden.«

Der braune Couchbezug war voll von glänzenden Katzenhaaren. Ich wischte ein paarmal darüber, ehe ich mich setzte.

Sie schien mir meine Reinlichkeitsallüren nicht übelzunehmen. Dies war die Stunde der wahren Gesichter.

Unter dem Hochbett war es dämmrig, die Schreibtischlampe als einzige Lichtquelle stand am anderen Ende des Zimmers. Ich fasste an den Kachelofen neben mir und zog erschrocken die Hand zurück. Die Kacheln waren glühend heiß.

Katrin lachte ein kleines, ungemütliches Lachen.

»Vorsicht! Ich habe heute mal wieder durchgeheizt.«

Vom Hochbett herunter hing ein Bettdeckenzipfel, ein rosa Bettbezug mit blauen Blümchen, ein schönes, stabiles Stück aus den Sechzigerjahren.

Hier unter dem Hochbett war die Luft noch stickiger, und es roch irgendwoher nach Tomatensoße aus der Dose. Rigoletto fläzte sich auf den weißen Fusselteppich. Der Flokati fusselte weiße Haare auf den braunen Teppich, und der schwarze Rigoletto fusselte schwarze Haare auf den weißen Flokati.

Katrin ließ sich neben dem Kater auf dem Teppich nieder.

Es gefiel mir nicht, so zu ihr hinunterzusehen.

»So grässlich und verkeimt hast du dir meine Wohnung nicht vorgestellt, nicht?«

»Was heißt hier grässlich.«

»Ach, ich seh's doch in deinem Gesicht. Deine Wohnung ist hell und gemütlich, hier wohnen nur Nachttiere und Grottenolme. Und weißt du was?« Sie beugte sich mit funkelnden Augen zu mir herüber: »Es ist mir gerade recht so!«

»Na ja, umso besser. Ich habe halt lieber weiße Wände.«

»Hast du deine tolle Freundin vom Bahnhof abgeholt?«

»Ja, hab ich.«

»War's nett?«

»Was willst du hören?«

»Natürlich, dass es nett war.«

Ich rückte ein Stück vom Kachelofen ab.

»Nein, es war überhaupt nicht nett. Wir haben uns gestritten, weil Louise irgendwelche seltsamen Spielchen mit mir treibt und ich mir das nicht gefallen lassen will. Was ist mit dir? Was ist seit gestern passiert, dass du aussiehst wie dein eigenes Gespenst?«

»Ich wollte so viel nachholen. Und dann hat sie angerufen.«

»Nachholen?«

»Mit dir. Du warst so … lieb zu mir, da in dem Café, hast

mich behandelt, als ob ich ganz in Ordnung wäre, nicht irgend so ein verrückter Psychofall. Nicht wie eine doofe, naive Kuh, die sich hat reinlegen lassen. Wie das kleine, blöde Dummchen. Meinst du, ich mach das jeden Tag, irgendwelche Frauen über Stadtplänen zu verführen? Du bist die erste Frau, bei der ich mich so etwas getraut habe.«

»Moment mal, an der Sache war ich ja wohl auch noch ein wenig beteiligt. Außerdem glaube ich nicht an das Prinzip dumme Kuh. Du hast einfach Pech gehabt, bist an einen Scheißtypen geraten.«

»Jedenfalls ... Und jetzt taucht dauernd diese Louise auf, von der du behauptest, du wolltest nichts von ihr. Und dann flötet sie verliebt auf deinen AB, dass einem die Ohren abfallen. Und ich dachte, dir läge was an mir.«

»Das ist ja auch so, Katrin, nur, ich glaube, Louise ist ein Spezialproblem.«

»Ja, sie ist bestimmt eine voll kultige Frau, gutaussehend, aufregend, reich, zauberhaft, charmant, nicht so eine Eule wie ich.«

Ich musste lächeln: »Sie ist im Moment genauso eine miesgelaunte, kleine Giftnudel wie du. Jedenfalls war sie es noch vor zwei Stunden. Zumindest darin steht ihr euch in nichts nach.«

»Wenn dir was an mir liegt, warum läufst du ihr dann nach?«

»Stell dir mal vor, du triffst zur gleichen Zeit zwei Frauen, die du attraktiv findest. Was tust du dann?«

»Ich entscheide mich für eine.«

»Und die andere beißt dir den Kopf ab. Und kopflos wie du bist, findest du immer noch beide attraktiv. Aber wahrscheinlich ist die Sache mit Louise sowieso erledigt.«

»Worüber habt ihr euch gestritten?«

»Hm! Das ist alles so verworren, und das meiste davon ist wahrscheinlich sowieso meine eigene Spinnerei. Ich habe Louises Portemonnaie auf einer Toilette gefunden. Sie hatte ihre Visitenkarten darin, also konnte ich es ihr zurückbringen. So haben wir uns kennengelernt. Als ich das Portemonnaie durchsah, ist mir ein Zettel aufgefallen, auf dem eine Adresse notiert war. Und diese Adresse war die Adresse von Alexander Heppler, diesem Schuhladenbesitzer, der am selben Abend ermordet wurde, an dem ich Louises Portemonnaie gefunden habe. Vielleicht hast du über den Mord gelesen.«

»Und sie hat ihn umgebracht! Du willst sie überführen!«

»Ach, Quatsch, nein. Sie wird irgendwelche Geschäftskontakte mit Heppler gehabt haben. Ach, ich hab die Schnauze so voll davon!«

»Und wieso flötet sie dir auf die Maschine?«

»Warum knöpfst du mir die Hose auf? Ich habe keine Ahnung, was sie an mir findet, und gestritten haben wir uns darüber, dass ich genau das herausfinden wollte.«

»Das verstehe ich nicht.«

»Irgendwas stimmt nicht. Weißt du, sie ist wirklich eine tolle Frau, und ich ... Aber sie will unbedingt, dass ich ihre Steuerangelegenheiten übernehme, obwohl sie doch sicher als langjährige Geschäftsfrau jemanden dafür hat. Und wenn ich dann Fragen dazu stelle, weicht sie aus und fängt an mit mir zu flirten. Nicht, dass ich ihr ihre Gefühle für mich nicht glauben würde, aber gleichzeitig fühle ich mich wie ein verdammter Fiffi, dem sie eine Wurst hinhält und im entscheidenden Moment wieder wegzieht. Heute Nachmittag habe ich ihr das gesagt, und damit ist die Sache höchstwahrscheinlich beendet. Kein Fiffi, kein Flirt, keine Steuerangelegenheiten. Bist du jetzt zufrieden?«

»Entschuldige! Ich war einfach eifersüchtig. Und wenn sie es doch war? Dass sie deswegen so komisch ist.«

»Meinst du nicht, dass ich mich das nicht auch schon gefragt habe? Aber dann würde sie doch gerade den Kontakt zu mir meiden, oder? Wenn ich Fragen stelle. Und sie tut das Gegenteil. Ruft immer wieder an.«

Ich musste grinsen: »Ruft immer gerade dann an, wenn ich gerade Frauenbesuch habe.«

»Haha, urstkomisch, blöder Witz! Du musst sie fragen. Musst sie festnageln.«

»Und sie wird unumwunden einen Mord zugeben.«

»Du hast gesagt, sie war's nicht.«

»Und glaube mir selbst kein Wort.«

»Aber du bist in sie verliebt.«

»Vielleicht. Vielleicht auch nicht mehr. Ich glaube nicht, dass du diejenige bist, mit der ich das diskutieren sollte.«

»Warum?«

»Befangenheit, Frau Staatsanwältin.«

»Das kann schon sein.«

Sie zog die Beine an, schlang die Arme darum und verwandelte sich in ein enggeschnürtes Paket Baumwolle.

»Glaubst du denn auch, dass ich Hans-Jochen Busch umgebracht habe? Ich will ja auch dauernd Kontakt. Der Polizist hat gesagt, es könnte eine Frau gewesen sein.«

»Himmel, Katrin, das ist doch etwas völlig anderes. Du hättest vielleicht ein Motiv, aber höchstwahrscheinlich hattest du weder eine Gelegenheit noch hättest du die Chuzpe, vermute ich mal. Vielleicht war eine andere Frau, die er vergewaltigt hat, die Täterin. Du solltest der Polizei wirklich diesen Tipp geben. Louise hatte eine Gelegenheit, und es gibt einiges, was dafür spricht, dass sie es gewesen sein könnte. Nur ein Motiv kann ich nicht erkennen. Und genau da verweigert sie sich mir.«

»Willst du denn wirklich immer noch wissen, wer die Morde begangen hat?«

»Ja. Es beschäftigt mich.«

»Findest du das erotisch? Das düstere Geheimnis der schönen Frau?«

»Katrin!«

»Oder findest du das arme Vergewaltigungsopfer erotischer?«

»Hör auf! Du willst mich provozieren, nicht. Damit es schön wehtut. Kannst du dir vielleicht vorstellen, dass das eine mit dem anderen nichts zu tun hat. Weder bei Louise noch bei dir? Dass ich einfach neugierig bin? Oder mir diese Leichen nicht aus dem Kopf gehen? Vielleicht kannst du sie ja in der Karatestunde aus deinem Kopf herausprügeln, aber ich habe keine Karatestunden.«

»Solltest du vielleicht. Warum bist du eigentlich gekommen?«

»Weil du mit mir reden wolltest. Weil du mies drauf warst und ich dich gern habe. Die Situation heute Nachmittag war denkbar unerfreulich. Ich wollte uns beide nicht so darauf hängen lassen. Und ich habe mich ... einsam gefühlt.«

»Du?«

»Ja, ich weiß, ich bin die coole Braut und du das arme Hascherl. Ich vergaß die Rollenverteilung. Warum sollte ich mich schlecht fühlen, wenn mir zwei Frauen, die ich irgendwie ... liebe ..., an einem Tag erklären, dass ich ein gottverdammtes Arschloch bin?«

»Das habe ich nie gesagt!«

»Nein, nicht mit diesen Worten. Louise hat das nette Wort *Ziege* verwendet.«

Es war ein verflucht anstrengender Tag gewesen, und ich fühlte mich, als ob mir jemand bei lebendigem Leib die Haut abgezogen hätte. Ich spürte die Vertrautheit mit Louise wachsen und kam ihr keinen Schritt näher.

Katrin stand auf, setzte sich neben mich aufs Sofa. Der Kater, der sich neben ihr auf dem Teppich zusammengerollt hatte, gab empörte, kleine Laute von sich.

»Dann bleib doch heute Nacht hier. Nur einfach so.«

»Nur einfach so?«

»Na ja, oder auch nicht.«

Auch ich hatte einen Rollkragenpullover an. Auch ich hatte, entgegen meinem anscheinend weitverbreiteten Image, und gerade heute Abend, einiges nachzuholen. So überließ ich mich willig Katrins zarten, aber beharrlichen Aktivitäten, die Kleiderordnung betreffend.

Doch als wir uns endlich zur Nacht zurückzogen, kam mir der

Gedanke, dass Katrin zehn Jahre jünger war als ich, und zwanzig Jahre jünger als Louise, und das verursachte mir ein seltsames und wenig angenehmes Gefühl: Ich kam mir alt vor. Ich kam mir unbedacht vor. Und dominant.

In der Nacht träumte ich von einem einsamen Geröllfeld, das ich zu überqueren hatte. Meine Schuhe waren von den spitzen Steinen zerrissen. Unter mir im Tal lag Frühnebel, und ich fror. Ich ging davon aus, dass der Nebel die Sicht auf einen Berghang verdeckte. Aber es hätte genauso gut ein Meer sein können, oder eine Hochebene, so undurchdringlich war die Brühe. Irgendwoher kam eine spöttische Stimme, die gehörte einer Louise aus bösen Träumen. »Wo willst du eigentlich hin?«, fragte sie, aber ich hatte keine Vorstellung davon und ging nur weiter, um auf ungefährliches Gelände zu kommen. Waldboden, ausgetretene Pfade, auf einen Weg ins Tal vielleicht. »Ins Tal!«, sagte ich, da lachte Louise höhnisch, und ich warf einen Stein in ihre Richtung. Der traf einen Felsbrocken, prallte mit lautem Knall davon ab und verschwand im Dunst. Davon wachte ich auf, frierend unter all den Sechzigerjahre-Decken.

Als ich die wackelige Hochbetttreppe hinunterkletterte, hörte ich den Kachelofen prasseln und zischen. Katrin hatte schon geheizt, trotzdem waren die Kacheln höchstens lauwarm. Ich schlüpfte schnell in meine Jeans, die so klamm waren, als hätten wir im Freien übernachtet. Aus der Küche hörte ich Radiomusik. Ich stolperte schon wieder geräuschvoll über den Kohleneimer.

»Deborah, bist du wach?«, rief sie aus der Küche.

Ich öffnete die Tür, deren Glasscheiben von Wärme und Feuchtigkeit beschlagen waren. Katrin stand unter der nachträglich eingebauten Dusche. Gegenüber, an der Wand, glühte ein Badezimmerradiator.

Katrin drehte die Dusche ab, stieg heraus und griff nach einem Handtuch. Ich setzte mich an den Küchentisch und sah scheu beiseite. Die letzte Nacht war Äonen entfernt, und ich litt am Morgen-danach-Syndrom. Katrin zog sich ein T-Shirt an, setzte Teewasser auf, kam herüber, um mich zu küssen, legte mir duschfeuchte Arme um den Nacken, doch ich spürte keine Vertrautheit mehr.

»Ich habe schon geheizt und Rigoletto zu fressen gegeben, die Ofenklappe mache ich gleich zu«, schwatzte sie fröhlich, »wenn du noch duschen willst, musst du dich beeilen. Der Tee ist gleich fertig, aber zum Frühstücken ist es zu spät. Wir haben sozusagen fast verschlafen.«

Ich war froh, sicher in meinen Jeans zu stecken, und behauptete, für Duschen sei es auch zu spät, die Zeit würde wohl gerade noch für eine Tasse Tee und eine zu schließende Ofenklappe reichen. Als das Teewasser kochte, goss ich es in die vorbereitete Kanne und stellte zwei Tassen auf den Tisch. Katrin reichte mir lächelnd ein Glas Rumkandis. Der Alkohol und das Tropenklima in der Küche brachten mich zum Schwitzen, ich trank meinen Tee im Stehen und trieb zum Aufbruch. Nur hinaus aus der klammen, düsteren, eiskalten und tropenfeuchten Höhle der Grottenolme. Katrin schien von meiner Verstimmung nichts zu merken. Sie warf Rigoletto einen Handkuss zu, bevor sie die Tür schloss.

Eine Stunde später unterschrieben wir bei einem erstaunlich fairen Hausbesitzer einen erstaunlich fairen Mietvertrag für eine renovierte Fünfraumwohnung am äußersten, nordöstlichen Zipfel des Prenzlauer Bergs, mit S-Bahn-Anschluss und in einer Gegend, wo herumlungernde Fremde nicht unbeobachtet bleiben würden. Wenig später hielten wir verblüfft zwei Paar Schlüssel in den Händen: Das Frauenzentrum hatte eine Bleibe für sein Projekt.

»Kann ich mir gut vorstellen«, sagte Katrin mit Blick auf hohe Kastanien, auf einen Kinderspielplatz mit Klettergerüsten, auf einen Supermarkt und eine Kindertagesstätte.

»Die Belohnung durch das Schicksal«, seufzte sie dann glückselig ins Telefon, als sie ihre Kolleginnen anrief. »Sie ist sogar bezugsfertig. Es lohnt sich eben doch, Leichen zu finden.«

Sie lachte. Von der Verzweiflung der letzten Tage war nichts mehr zu spüren. Vor meinen Augen blühte das junge Leben, und ich hatte das ungute Gefühl, mein Aufenthalt zwischen rosafarbenen und blaugeblümten Laken war daran nicht unbeteiligt.

Wie war das noch mal: Verliebt sein hat dieselbe Wirkung wie Schokolade essen. Oder war es andersherum gewesen?

Ich verabschiedete mich mit wenig Enthusiasmus und fuhr nach Hause. Natürlich war Louise auf dem Anrufbeantworter und forderte dringenden Rückruf. Es folgten drei verschiedene Telefonnummern, unter denen sie zu den verschiedenen Tageszeiten zu erreichen war. Ich sah auf die Uhr, schlich eine Viertelstunde um das Telefon herum und wählte mit Todesverachtung ihre Büronummer.

»Wo warst du heute Nacht? Ich habe bis ein Uhr bei dir angerufen!«, tönte es mir giftig entgegen. Was wohl Paulsen/Jacoby zu diesem besitzergreifenden Ton sagten.

»Meiner Mandantin ging es sehr schlecht, weißt du, mit der ich die Leiche gefunden habe. Da bin ich bei ihr geblieben, bis sie schlafen konnte. Sie verkraftet den Schock ziemlich schlecht.«

Warum log ich eigentlich? Warum war ich überhaupt so höflich, nach dieser Szene gestern?

Aber Louise lachte nur: »Bis sie schlafen konnte! Hast du sie denn überhaupt schlafen lassen? Wie alt war sie noch mal, sagtest du? Zwanzig? Ja, der Reiz der süßen Jugend! Nettes Alter für solche Schocks wie dich.«

»Hören Paulsen und Jacoby eigentlich mit, wenn du telefonierst?«

»Was?«

»Was willst du von mir? Dich entschuldigen?«

»Ja, unter Umständen. Kommt auf deine Gemütslage an. Wir haben wohl beide etwas überreagiert.«

»Nur nicht nachgeben, Frau Delbrouck!«

»Bitte, Deborah. Dies ist ein Friedensangebot. Ich war übermüdet, gestern. Ich hätte ein wenig ... ja vielleicht Beistand gebraucht; Verständnis, Zuwendung, keine Vorhaltungen. Ich bin doch auch nur ein Mensch und habe meine Grenzen! Also: Rauchst du die Friedenspfeife mit mir?«

Sie klang überanstrengt. Von meinen Grenzen war keine Rede.

»Bist du immer noch übermüdet?«

»Nein. Nur noch müde.«

»Dann sind wir immer noch bei den Fragen von gestern. Bändelst du mit mir an, oder soll ich deine Steuerberaterin sein? Oder beides. Und, wenn du eine Steuerberaterin brauchst, warum darf sie nichts über deine Geschäftskontakte wissen, als Grundlage ihrer Arbeit. Und wenn du keine Steuerberaterin brauchst, sondern eine Geliebte, dann verschweigst du mir trotzdem etwas. Ich will es gar nicht wissen, aber ich habe das Gefühl, dass du ständig versuchst, mir indirekt etwas zu sagen, mich in irgendwas hineinzuziehen.«

So! Endlich!

»Dich hineinzuziehen? Inwiefern?«

»Durch Andeutungen. Durch die Art, wie du dich verhältst. Wie du es immer wieder, ich weiß nicht wie, schaffst, mich an dich zu binden. Verlockend wie ein Lebkuchenhaus. Mit integriertem Umluftbackofen.«

»Jetzt mach einen Punkt, Deborah. Das ist deine blühende Phantasie.«

»Es gibt alles auf der Welt, man muss nur einmal morgens Zeitung lesen.«

Dies als Anspielung auf gewisse Morgen und gewisse Zeitungsmeldungen, aber ich wusste nicht, ob sie den kleinen Seitenhieb verstand. »Außerdem sage ich nur, was ich wahrnehme.«

Sie schnaubte verächtlich ins Telefon.

»Dann irrst du dich eben. Das ist ja paranoid! Ich habe dich nicht aus Kalkül geküsst. Wenn du meine Avancen für eine Version von *Hänsel und Gretel* hältst, kann ich dir auch nicht helfen. Aber wenn dir dein zwanzigjähriges Schätzchen weniger gefährlich vorkommt, bitte. Die ist vielleicht nicht so eine krummnasige, alte Vettel wie ich, die irgendwelche Schwarzmagie an dir betreibt. Schön einfach zu handhaben, kein solcher Besen. Allerdings ein bisschen empfindlich und leicht erregbar. Kann nachts nicht schlafen, wenn sie Gruselfilme sieht.«

»Louise! Du bist verdammt unfair. Katrin hat mit meinen Nachfragen gar nichts zu tun.«

»Ach, Katrin heißt sie?«

»Du bist diejenige, die dauernd doppelbödige Mitteilungen von sich gibt.«

»Das einzige, was ich gesagt habe, war, dass ich dich attraktiv finde und einer Annäherung nicht abgeneigt wäre. Und was das betrifft, bist du nicht ganz unempfänglich. Meiner bescheidenen Wahrnehmung nach.«

»Und die Steuergeschichten?«

»Vielleicht sollten wir das Berufliche und das Private trennen. Das ist wohl besser so.«

»Dann musst du mir nämlich keine Informationen über die Schweiz geben.«

»Die, da sie nichts mit *Delbrouck* zu tun haben, nicht von Bedeutung sind.«

»Aber es waren Geschäftstermine, wie du immer wieder betont hast!«

»Fängst du schon wieder an! Ich habe gesagt, wir trennen das Berufliche vom Privaten. Kommst du zur Vernissage? Sonntagabend, wie gehabt?«

Ich gab erschöpft auf. Zweifelte wieder einmal an meinen Eindrücken, an meinen Ahnungen.

»Ja.«

»Oh, das ist schön! Ich wäre wirklich traurig gewesen, wenn du mein Friedensangebot nicht angenommen hättest.«

Sie senkte ihre Stimme zu einem Flüstern. Ich sah unwillkürlich wieder die großen, perlengeschmückten, kreoloenbehangenen Ohren von Paulsen und Jacoby vor mir.

»Ich habe mich nämlich inzwischen in dich verliebt«, flüsterte es aus dem Telefon.

Das war das letzte, was mir gefehlt hatte, um mein Gehirn in graue und rosa bebrillte Einzeller zu verwandeln.

»Also bis Sonntagabend«, antwortete eine Stimme, die nicht mir gehörte, dann legte ich auf.

Benommen dachte ich darüber nach, was ich seit meinem ersten Zusammentreffen mit Louise erlebt hatte. Der Blutfleck, das Brillenetui, ihr zuweilen auffälliges Verhalten. Wenn sie Heppler umgebracht hatte, warum kamen ihr dann meine Fragen nicht verdächtig vor? Und wenn sie ihr doch verdächtig vorkamen, warum brach sie nicht einfach den Kontakt ab? Warum ruft sie mich immer wieder an?

Du bist eine Zeugin, Deborah, sie weiß Bescheid über dich. Sie hat gesehen, dass du sie verfolgt hast, die Verliebtheit ist nur Show. Sie will dich bei der Stange halten, dich einspinnen in klebrige Liebesfäden. Und wenn das alles nichts nützt, wenn du weiterbohrst, dann wird sie eben …

Der Göttin sei Dank war in den letzten Tagen viel Arbeit liegengeblieben, und ich machte mich ausnahmsweise geradezu erleichtert darüber her.

Ich hatte gerade ein bisschen herumgerechnet, einen Widerspruch und eine CD eingelegt, ein paar Anschreiben verfasst, einen Tee mit Rumkandis gekocht, da klingelte das Telefon.

»Gronwald«, meldete ich mich mit meiner Bürostimme.

»Deborah, ich bin's, Katrin.«

Zum Kuckuck, wenn sie mich doch einfach mal ein paar Stunden arbeiten ließen.

»Hallo! Na, immer noch euphorisch über die Wohnung?«

Ich hörte Stimmengewirr im Hintergrund.

»Ja, völlig! Ich bin im Frauenzentrum, und wir feiern. Ich dachte, du hast Lust, rüberzukommen und auch ein Glas Sekt zu trinken. Wir wollen dann alle gemeinsam hinfahren. Und wir haben die Zusage vom Senat für die Möbel, und Birgit telefoniert gerade wegen Kostenvoranschlägen.«

»Katrin, ich arbeite. Mein Schreibtisch ist so voll, der hat schon Schlagseite.«

»Ach, sorry. Es war nur ... weil du doch auch maßgeblich daran beteiligt warst.«

»Trotzdem habe ich noch einen kleinen Nebenjob. Einen zum Brötchenverdienen.«

»Ja, die anderen sind dir eben auch so wahnsinnig dankbar, wie du das durchgezogen hast, alles ohne Bezahlung. Die wollten sich einfach auch noch mal bedanken.«

»Katrin?«

»Ja?«

»Was hast du den Frauen gesagt?«

»Nichts Besonderes. Eben wie wir die Wohnung gefunden haben.«

»Komm, erzähl mir nichts!«

»Na ja ...«

»Du hast den Mund nicht halten können über gestern Nacht.«

»Claudia hat mich drauf angesprochen. Ich wäre so high, ob ich verliebt wäre. Außerdem: Was ist daran falsch?«

»Weil ... es ist mir zu privat.«

»Ich freue mich eben so, verstehst du. *Wem das Herz voll ist, dem geht der Mund über*, sagt mein Vater immer. Du, übrigens, mit Papa hab ich auch telefoniert, damit er sich mitfreuen kann über die Wohnung. Er hat gefragt, ob ich nicht am Sonntag zum

Kaffee rauskommen wollte und ... und ob du vielleicht mitkommen willst. Hast du Lust? Er würde dich jedenfalls gerne kennenlernen. Ich kann mir vorstellen, dass ihr euch gut versteht. Er ist nett, trotz seiner Versponnenheit.«

»Ich bin abends eingeladen zu einer Vernissage von Louises Bruder.«

Auf der mich Louise vor all den Leuten wenigstens nicht abstechen konnte. »Ach so! Aber es wäre ja nachmittags, und wir können abends wieder zurückfahren. Bitte, Deborah, er würde sich freuen. Und ich mich auch.«

»Also gut. Aber wirklich nur zum Kaffee!«

»Ach, klasse. Ich komme um zwei zu dir, dann fahren wir gemeinsam raus, ja?«

Es war einmal eine Frau, die tat immer wieder, was andere von ihr wollten. Bis einmal jemand sagte: »Spring doch mal eben von der Klippe!« Danach gab es keine Frau mehr.

Es nieselte, als wir in Grünau ankamen. Katrin dirigierte mich durch eine Siedlung mit holperigen Straßen. Gesäumt von jahrzehntealten regentriefenden Bäumen. Schmale, ungepflasterte Bürgersteige, hohe Gartenhecken; die meisten Häuser freistehend, und viele noch in jenem charakteristischen Ostgrau gestrichen, einer namen- und gesichtslosen Farbe, die ein Haus wie das andere aussehen ließ. Im Sommer unterschieden sich die Häuser und Gärten wohl durch die Farben ihrer Hecken, ihrer Rosenspaliere im Vorgarten, den Duft von Flieder oder Glyzinien. Jetzt sahen die Bäume, die Zweige der Hecken, die Wegplatten, die Steinstufen vor den Häusern normiert und anonym aus, erhielten ihre Identität nur durch Straßennamen und Hausnummern. Katrins Vater wohnte in der Clara-Zetkin-Straße, ein erfreulicher Umstand.

Ich fuhr das Auto an den Straßenrand, wir schlichen im Regen geduckt an einer frauhohen Hecke entlang bis zu einer Gartentür.

Das aufgeweichte Holz hing in lockeren Scharnieren, und Katrin seufzte: »Er lässt nie was reparieren!«

Auch dieses Haus war grau gestrichen; von der einstmaligen Bürgerlichkeit zeugte noch der Kiesweg zum überdachten Eingang, die Behäbigkeit der Architektur, der Balkon im ersten Stock. Abbröckelnde Zierleisten an der Fassade, große Fenster und schwere Fensterläden.

Sie öffnete das Gartentürchen, hob es dabei an, eine jahrelang eingeübte Bewegung.

Dann öffnete sich quietschend die Haustür, als hätte Forbrich schon dahinter gelauert. Er hatte das Gesicht eines Charakterschauspielers, wobei ich nicht hätte entscheiden können, ob ich den Faust oder den Puck mit ihm besetzt hätte. Unbestreitbar Katrins Gesicht, Freundlichkeit um die Augen, doch die hängenden Mundwinkel gaben seinem Gesicht einen Ausdruck von Trauer, der ihrem fehlte. Krissellocken, ergraut und spärlich geworden. Ein freundlicher, älterer Herr in braunen Stoffhosen, einem feingemusterten Hemd, der eine beige Strickjacke mit Zopfmuster, Hornknöpfen und abgeschabten Ärmeln trug.

»Tach, Papa, das ist Deborah, von der ich dir erzählt habe, Deborah, das ist mein Vater, Carl-Heinrich Forbrich der Jüngere. Meine Mama hat immer Kalle zwo zu ihm gesagt, aber das mag er nicht.«

Er lächelte und runzelte zugleich die Stirn. Vielleicht konnte man Puck und Faustus zugleich mit ihm besetzen:

»Kati! Bitte nicht in diesem Jargon! Legen Sie ab, Deborah, ich darf doch Deborah sagen?«

»Papa, sei nicht humorlos und gar so vornehm!« Sie kicherte, gab ihm einen Kuss, hopste herum und genoss offensichtlich die Situation.

Deborah, von der ich dir erzählt habe? Deborah, eine Freundin? Meine neue Geliebte? Deborah, in die ich mich verliebt habe?

Wie hätte ich eigentlich unser Verhältnis definiert, wenn ich davon erzählt hätte?

»Geht doch schon mal vor, ihr beiden Zuckerschnecken. Ich will noch auf den Dachboden, nach alten Kinderbüchern von Franka und mir suchen. Für die Kinder in den Zufluchtswohnungen.«

»Na ja, dann kommen Sie doch mal weiter!« Er führte mich durch den engen Flur in ein kleines Arbeitszimmer mit abgewetztem Teppichboden, eingebauten Bücherregalen und tiefen Sesseln, deren braunes Leder brüchig zu werden begann. An der Terrassentür lagen mehrere zusammengerollte Wischlappen. »Wenn es heftiger regnet, läuft das Wasser herein«, sagte Forbrich. »Alles an diesem Haus ist morsch und alt. Mein Vater hat es damals gebaut. Unter Hitler wurden hier umfangreiche Bauförderprogramme durchgeführt.«

Er rückte einen Sessel zurecht. »Aber bitte, nehmen Sie doch Platz. Die Möbel sind auch noch aus dieser Zeit.«

So wie die aus Katrins Wohnung, nur schöner gearbeitet und in besserem Zustand.

Mein Blick fiel auf die Bücher, lange Reihen von Kunstbänden über nur einen einzigen Maler.

»O ja«, sagte Forbrich, der meinem Blick folgte, »Caspar David Friedrich, meine große Leidenschaft. Ich habe auch einiges, was noch zu DDR-Zeiten im Westen erschienen ist. Die waren nur über Westkontakte zu kriegen. Hier: München 1976. Wenn unsere Westverwandten kamen, waren sie nie um Geschenke verlegen. Die Kinder gierten immer nach diesem Nougatbrotaufstrich und ich nach Caspar David Friedrich. Als meine Frau mit der Älteren in den Westen gegangen ist, durften wir allerdings keinen Westbesuch mehr empfangen.«

Ich ging zur Terrassentür und sah hinaus.

Von der Tür führte ein schnurgerader Weg bis zu einer Hecke am Ende des Gartens. Rechts und links davon waren Beete angelegt, und mit Strohmatten winterfest gemacht, standen Obstbäume, Stachelbeer- und Johannisbeerbüsche in winterlichem Schlaf.

»Spalierbirnen an der Hauswand«, sagte er. »Natürlich erst im Spätsommer.«

»Pflaumenbäume«, nickte ich.

»O ja«, sagte er, »Pflaumenkuchen mit Schlagsahne und Wespengarnitur. Mögen Sie Pflaumenmus? Ich kann Ihnen selbstgemachtes mitgeben.«

Ich drehte mich um, er sah an mir vorbei in den Garten, die Hände in die Taschen seiner Wolljacke gestemmt, dass sich vor der Brust der Stoff zum Zerreißen spannte.

»Manchmal bin ich heimlich zum Bahnhof Friedrichstraße gefahren, einen Cousin aus Westberlin treffen. Ich wollte ja wissen, wie es meiner Frau und meiner Tochter ging ... Im Frühling haben wir auch Erdbeeren. Ich mache jedes Jahr Erdbeermarmelade ein. Wenn Sie also lieber Erdbeermarmelade essen ... Und dann kam plötzlich die Wende, aber da waren wir schon fast Unbekannte ... Wissen Sie, ich liebe dieses marode Haus sehr. Besonders diesen Blick in den Garten. Ich bin in diesem Haus geboren und aufgewachsen, meine Eltern sind hier gestorben ... Mein Vater war bei den Nazis; alle, die hier gebaut haben, waren in der NSDAP. Von Beruf war er Flugzeugingenieur, was meinen Sie, wie die Nationalsozialisten um ihn herumscharwenzelt sind. Er hat an einigen kriegswichtigen Vorhaben mitgearbeitet. Wir haben nach dem Krieg lange Angst gehabt, ob wir das Haus behalten dürfen. Das war ja nicht selbstverständlich, dass ein Brauner, so ein kleiner Parteibonze, solch ein Haus behalten durfte. Da erst hat er sich eingestanden, was mit der ganzen Kriegsmaschinerie passiert ist, die er zu entwickeln geholfen hat. Ich habe später begriffen, dass er nicht einfach nur Flugzeuge gebaut hat. Als Kind war er mein Idol, und als Jugendlicher habe ich ihn verachtet. Und dann ist er gestorben, und ich konnte ihn nicht mehr verachten. Manchmal, wenn ich hier stehe, kann ich die Vergänglichkeit fast körperlich spüren, und dann drückt es mir die Kehle zu vor Angst, dass eines Tages wieder etwas geschieht und ich wieder alles verliere, was mir wertvoll ist. Am meisten Angst habe ich jetzt um meine so wenig lebenserfahrene Tochter in den neuen Zeiten …«

Er lachte etwas mühselig.

»Die Gedanken passend zum Wetter!«

Katrin kam herein, legte den Arm um meine Schulter: »Na, amüsiert ihr euch? Papa zeigt dir bestimmt gerade den hundertdreiundzwanzigsten Band Caspar David Friedrich in einem wertvollen, limitierten Sonderdruck. Westausgabe, echt kultig.«

»Dein Vater erzählt mir von Spalierbirnen und Pflaumenkuchen mit Schlagsahne.«

»Oh, das ist ein gutes Gesprächsthema. Wenn du mir deinen Autoschlüssel borgst, Deb, dann hole ich welchen.«

Ich drückte ihr den Schlüssel in die Hand, und sie gab mir einen Kuss, einen eindeutigen Kuss, der mir peinlich war. Trällernd ging sie aus der Tür.

»Sie hat Sie sehr gern«, sagte Herr Forbrich.

»Ja.« Mir war unbehaglich zumute.

»Sie hat sich sehr verändert, seit sie in diesem Frauenprojekt arbeitet, sie ist so erwachsen geworden. Die politische Arbeit, die Anerkennung durch die Kolleginnen. Und jetzt noch Sie …«

Ich musste schlucken. Jetzt auch noch ich? Was hatte sie nun schon wieder erzählt, und was hielt er davon?

»Früher war Katrin oft so mutlos, hatte kein Selbstbewusstsein. Damals, lange vor der Wende, als meine Frau mit der anderen Tochter in den Westen ging, hat sie sich fürchterlich geschämt, hat sich versteckt, weil alle sich das Maul zerrissen. Und sie hing sehr an ihrer großen Schwester.«

Er sah auf seine Hände.

»Ich habe mich auch geschämt. Weil ich nicht den Mut hatte, mich für irgendetwas zu entscheiden. Es ist schwer, eine Meinung zu haben in so einer komplizierten Sache. Woher sollte ich denn wissen, wo ich lieber wohnen wollte, was das bessere, das moralischere System war, die DDR oder die BRD? Ich bin weder gegangen, noch bin ich geblieben. In meinem Herzen, meine ich. Ich bin kein Kämpfer, Kunstwerke sind mir interessanter als politische Manifeste. Das hat mir vor allem meine ältere Tochter sehr übelgenommen. Die sind ja sehr früh zum politischen Denken erzogen worden in der Schule.«

Er sah seine Hände an, wie jemand, der ein neues Werkzeug auf seine Tauglichkeit prüft.

»Ich habe selten wirklich etwas verteidigt, was mir wichtig war. Und dann kam die Wende und die neue Zeit. Katrin macht sich ganz gut, den jungen Leuten fällt es wohl leichter, sich in die neue Gesellschaft einzufinden, sie sind ja beinahe damit groß geworden. Den Kindern ..., den Kindern da aus diesen Zufluchtswohnungen wird überhaupt nicht mehr auffallen, dass es da je einen Unterschied gegeben hat. Die haben ja sowieso ganz andere Sorgen. Ob sie mit DDR-Kinderbüchern überhaupt etwas anfangen können?«

Er seufzte tief, schien sich mit Gewalt aus seinen trüben Gedanken loszureißen, klimperte mit den Fingern, lächelte. Immer noch ein wenig mühsam, wie mir schien.

»Ich erzähle ja lauter Unsinn! Sie sind ja viel mehr zu Hause in dem Metier. Ach ja, und Ihr Einsatz für das Frauenprojekt! Gut, dass ihr die Wohnung nicht genommen habt. Diese Stockflecken im Bad, und die Küche ein einziger Wasserfall. So was kriegt man nicht trocken, und wenn man hundert Jahre heizt. Eine Schande, mit welchen Löchern diese Miethaie da noch Profit machen wollen. Dieser Typ Mensch: skrupellos, undurchschaubar, schleimig und durch und durch kriminell«, steigerte er sich in eine wütende Tirade hinein. »Nun ja! Ich mache mal Tee. Trinken Sie auch Tee, Deborah, oder lieber Kaffee?«

Er ging in die Küche.

»Tee«, rief ich, »neuerdings mit Rumkandis.«

»Ach, diese Marotte meiner Tochter mit dem Rumkandis. Hat sie Ihnen das aufgeschwatzt? Das ist eine furchtbare Mischung, wenn Sie mich fragen, ein richtiges Gesöff. Aber natürlich habe ich trotzdem Rumkandis im Haus. Aus väterlicher Zuneigung.«

Er lachte, durchquerte nach einiger Zeit mit einem Tablett das Arbeitszimmer und stellte hauchdünne chinesische Tassen und Teller auf den Tisch im Wohnzimmer, legte Kuchengabeln daneben. Mich gruselte. Sogar eine Tischdecke hatte er aufgelegt.

Ich hörte den Schlüssel im Schloss. Katrin sang immer noch, irgendetwas mit *My Baby just cares for me* ... Sie trug ein großes Kuchenpaket.

»Pflaumenkuchen gab's nicht. Absolut nicht die Jahreszeit dafür. Ich habe Bienenstich mit und Nusshörnchen. Und für mich Kirschplunder und Schweineohr.«

Sie warf mir die Autoschlüssel zu.

»Obwohl ich deine Schweineohren lieber habe, meine süße Deborah. Papa, hast du Tee gemacht? Deborah trinkt Tee mit Rumkandis.«

»Jaja, ich weiß«, rief er aus dem Wohnzimmer. »Wir haben uns schon darüber unterhalten.«

Sie knallte das Kuchenpaket auf den Küchentisch und zog ihre Jacke aus. Ich folgte ihr in die Küche und zog die Tür hinter mir zu.

»Katrin, was hast du deinem Vater über uns erzählt?«

»Alles natürlich.«

»Was ist *alles*?«

»Na, dass wir jetzt ...«

»Erst das Frauenzentrumsteam, jetzt dein Vater. Könntest du dein *Alles* vielleicht ein bisschen weniger laut durch die Gegend posaunen? Vielleicht etwas diskreter? Ich möchte über unser Verhältnis bitte einen Exklusivbeitrag bei RTL. Drunter mach ich's jetzt nicht mehr.«

»Das ist dir doch wohl nicht peinlich, dass du mit einer Frau zusammen bist.«

»Nein, absolut nicht. Es ist mir nur neu, dass ich mit einer Frau zusammen bin.«

»Was?«

»Ich habe dich gern, und wir haben eine Nacht miteinander verbracht. Mehr ist bis jetzt nicht passiert.«

»Wo bleibt ihr denn jetzt mit euren Plunderohren und Schweinebäuchen und den ganzen guten Sachen?«, tönte es aus dem Wohnzimmer.

Katrin griff nach dem Kuchenpaket und fing hektisch an, es auszuwickeln. »Gleich, Papa, gleich. Nur noch auf einen Teller legen. Gleich fertig!«

Sie holte einen Servierteller aus der Anrichte, schob mit spitzen, hastigen Fingern das Gebäck darauf. Ein Stück Bienenstich rutschte ihr aus der Hand und landete als gelber Matsch auf dem Fußboden.

»Ich mach schon«, sagte ich, griff nach dem Mülleimer und einem Löffel und fing an, formlose Masse mit Kuchenbrocken vom Fußboden zu schaufeln.

»Moment, Papa, wir kommen gleich!«

Er tauchte in der Küchentür auf. »Ach, da ist ein kleines Malheur passiert? Na, macht nichts, es ist ja genügend Kuchen da.« Er nahm einen Wischlappen. »Aber Sie müssen das doch nicht machen«, ächzte er, während er sich bückte.

»Doch, doch, ich bin fitter, Herr Forbrich.«

»Na ja, gut, dann nehme ich den Teller schon mal mit«, sagte Forbrich, winkte mit einem Tortenheber und verschwand. »Wenn ihr noch Sahne für mich mitbringt, haben wir alles.«

Katrin holte mit hartem Gesicht die Sahne aus dem Kühlschrank.

»Gib her«, sagte ich.

»Nein. Sonst kommt das auch noch in den Nachrichten: Deborah Gronwald muss Sahnekännchen schleppen! – Los, komm. Und versau bitte nicht auch noch Papa den Nachmittag.«

Wir nahmen im Wohnzimmer auf lederbezogenen Stühlen

Platz, ich bekam Tee eingeschenkt und einen Bienenstich auf den Teller. Forbrich knabberte an einem Kirschplunder, Katrin griff sich ein Schweineohr und zerfetzte es systematisch.

Es herrschte eine Art von Stille, wie sie nur die Stimmung bei einem Verwandtenbesuch hervorbringen kann.

»Hast du denn nun Kinderbücher gefunden?«, fragte Forbrich.

»Ja«, brummte Katrin. »Ha! Sogar ein Bilderbuch von einem freundlichen Volkspolizisten, der die Kinder jeden Tag sicher über die Straße bringt. Das müssen wir mal geschenkt bekommen haben. Ich kann mir nicht vorstellen, dass Mutti oder du uns so was angeschleppt hast. Zu ideologisch gefärbt. Weißt du, Deborah, besonders Mutti hat darauf immer sehr geachtet und uns lieber selbsterfundene Geschichten erzählt. Meine Schwester wollte unbedingt zu den Jungen Pionieren, die fand den Staat klasse. Na ja, zuerst hat sie Papa attackiert, dass er nicht in der SED war, und später haben Mutti und sie ihn attackiert, weil er nicht ausreisen wollte. Und ich bin dageblieben – ich war, wie immer, für alles zu klein.«

Forbrich beobachtete meinen Gesichtsausdruck.

»Sie sind aus dem Westen, nicht wahr, Deborah? Noch Tee?«

»Ja, bitte. Ich bin in Moabit geboren. Im Stephankiez. Aber nicht in einer der Kommunen. Viel bürgerlicher. Ich durfte nie im Kinderladen Spinat an die Wand schmeißen«, lächelte ich. »Aber ich bin auch nach Kräften unideologisch erzogen.«

Forbrich machte eine Handbewegung, die das Haus, den Garten und den ganzen Osten umfasste: »Und was halten Sie von all dem hier. Von uns hier und dem freundlichen Vopo und all dem?«

»Na ja, ich mag Caspar David Friedrich«, sagte ich diplomatisch. Ich wusste nicht, was *all das* war, und würde keine Fettnapfsuche betreiben.

»Wo habt ihr beide euch eigentlich kennengelernt?«, fragte er seine immer noch krümelnde Tochter.

»Ach, Papa, das hab ich doch schon erzählt. Deborah hat mit mir die Wohnung für das Frauenzentrum gesucht.«

Sie warf einen vorsichtigen Blick auf mich. »Sie war doch diejenige, mit der zusammen ich die Leiche von Hans-Jochen Busch gefunden habe.«

»Ach ja, richtig, ich werde vergesslich. Dieser Busch, ja richtig. Ein Nusshörnchen, Deborah, oder lieber einen Kirschplunder?«

Aber vorhin beim Teekochen schien er doch recht genau Bescheid gewusst zu haben.

»Die mich danach so geduldig wiederaufgebaut hat.«

Vorsicht!, signalisierte mein Blick. Keine Nachrichtensendung.

»Nein, danke, keinen Kuchen mehr. Tja, Hans-Jochen Busch hat uns beide ganz schön geschafft. Leichen zu finden ist keine Erfahrung, die ich jeden Tag haben muss. Die Polizei geht jetzt von einem Raubüberfall aus, weil seine Brieftasche fehlte. Er wurde damals anhand eines Goldkettchens identifiziert. Aber ich glaube nicht so recht an Raubmord. Das ist doch kein typischer Ort für einen Raubüberfall, eine leere Wohnung. Und nach dem, was er sonst noch so auf dem Kerbholz hatte …«

Forbrich schob Kirschkerne auf seinem Teller hin und her.

»Ein schrecklicher Mensch! Anhand des Goldkettchens identifiziert? Ein richtig aufgeblasener Verbrechertyp, großspurig, sage ich. Wissen Sie, diese ganze Lebenshaltung, Muskeltraining, Handy, Wichtigtuerei und Arroganz, wenn das die neue Gesellschaft ist …«

»Könnt ihr mal aufhören, von diesem Kerl zu reden, Papa? Das gab's doch bei uns ebenfalls zur Genüge. Gerade du hast doch eine Menge solcher Typen abgekriegt. Ich will das nicht dauernd als Gesprächsthema. Sieh doch endlich mal nach vorne und nicht ewig in die Vergangenheit! Und lass die Gartentür reparieren. Die hatte ich vorhin fast in der Hand.«

»Kati, darin sind wir eben unterschiedlich. Du lebst in der

Zukunft, und in meinem Alter lebt man mehr und mehr in der Vergangenheit und beklagt, was man falsch gemacht hat.«

»Oder in Deborahs Alter. Sie kann auch nie aufhören. Will immer noch wissen, wer der böse Mann ist, der Busch die dicke Brieftasche abgenommen hat. Als ob das nicht scheißegal wäre! Hauptsache, er ist hinüber, endlich erledigt, er und die neue Gesellschaft.«

Das Schweineohr auf ihrem Teller war endgültig jenseits von appetitlichem Aussehen. Katrin sah meinen Blick darauf, riss den Teller vom Tisch und ging in die Küche. Ich hörte Mülldeckelklappern und Tellerklirren.

»Haben Sie wirklich ein Interesse daran, wer Hans-Jochen Busch umgebracht hat?«

»Sie kann keine zehn Minuten an was anderes denken«, sagte Katrin von der Tür her. Außer in gewissen Nächten, dachte ich traurig. Sie dachte, sie müsste eifersüchtig sein auf Louise. Dabei waren es ganz andere Barrieren, die uns trennten.

»Na ja, Herr Forbrich, es interessiert mich schon. Außerdem ist es der zweite Mord, der innerhalb kurzer Zeit in meiner näheren Umgebung passiert ist. Irgendwann hört man dann nicht mehr auf, an Leichen und Mörder zu denken. Eine kleine Obsession, wenn Sie so wollen.«

»Ja, vor allem, wenn die potenziellen Mörderinnen so attraktiv sind!«

»Kati, du wirst ausfallend. Deborah ist unser Gast!«

»Ja, schon gut. Mit Mutti konnte man sich wenigstens streiten, aber du bist hoffnungslos. Ich pack mal die Bücher zusammen, dann könnt ihr in Ruhe Detektiv spielen.«

Sie donnerte ihre Kuchengabel auf den Tisch und verließ den Raum. Ihre Schritte in den Springerstiefeln waren fast zu groß für das bisschen Wohnzimmer.

Forbrich saß zusammengesunken auf seinem Stuhl. »Ja, man denkt dauernd an Opfer und Täter«, murmelte er. »Man kann nicht einfach ungeschehen machen, was passiert ist, darin täuscht sich meine Tochter. Man tut etwas und muss mit den Konsequenzen leben; überquert eine Grenze und zerstört damit eine Familie. Bringt einen Mann um und trägt ihn mit sich herum wie einen Widergänger. Liegt darin vielleicht Ihr Interesse, die Morde aufzuklären? Weil es dann leichter ist, damit zu leben, dass es so etwas wie Mord und Mörder gibt?«

»Das habe ich mir noch gar nicht überlegt.«

Ich dachte an Louise. »Ich glaube, in diesem einen Fall kommt es mir mehr darauf an, zu wissen, wer den Mord nicht begangen hat.«

»So? Ja, unter Umständen ist das die wichtigere Frage.«

Nun nahm er ein Schweineohr und fing an, es zu quälen, statt zu essen. Doch mein Bedarf an Tierquälerei war langsam gedeckt.

»Kennen Sie die Geschichte vom Ritter Lancelot«, fing Forbrich wieder an zu reden, »der im Wald dahinritt und plötzlich auf eine große, steinerne Grabplatte stieß? Und als er näher kam, sah er mit Erschrecken, dass sein eigener Name darauf eingraviert war. Aber mutig, wie der Ritter war, stieg er in sein eigenes Grab und bestand eine Aventiure, die ihm Ruhm und Ehre brachte. Verstehen Sie? Er hat sich nicht vor sich selbst gedrückt.«

Ich sah auf die Uhr.

»Herr Forbrich, ich glaube, ich muss langsam aufbrechen. Ich bin heute Abend noch eingeladen.«

»Ach so, ja, wie schade.«

Er stand auf, rief in den Flur: »Kati, Kati? Deborah möchte fahren.«

Katrin kam die steile Treppe herunter. Sie hatte rote Augen. Ich wusste nicht, ob Forbrich es auch gesehen hatte. Er fing an, Geschirr aufeinanderzustellen, als gälte es, die Spuren unseres Besuches so schnell wie möglich zu beseitigen.

»Kati-Kind, hast du genügend Plastebeutel gefunden für deine Bücher?«

Sie deutete auf zwei Tüten, die im Eingang standen.

»Ja, alles gut verpackt.«

»Dass sie aber auch nicht reißen!«

»Nein, so schwer sind sie nicht. Ist in Ordnung, Deborah, wir können los.«

Diesen Gesichtsausdruck kannte ich nun schon, eine Miene, die jeden Zutritt verweigerte. Ich nahm meine Jacke, reichte Papa Forbrich die Hand.

»Auf Wiedersehen.«

»Auf Wiedersehen! Es hat mich sehr gefreut, Sie kennenzulernen. Kati, wollt ihr denn noch Kuchen mitnehmen?«

»Nein, danke, Papa. Sicher nicht.«

Sie schlüpfte in ihre Jacke und zog die Haustür auf.

»Los, Deborah.«

Küsste ihren Vater flüchtig: »Tschau, Papa, ich melde mich.«

»Jaja. Kommt gut nach Hause! Vergisst du nicht, Franka anzurufen, Kati? Sie hat nächste Woche Geburtstag.«

»Nein.«

Katrin klemmte sich die Bücher unter den Arm. Ich hob vorsichtig die Gartentür an. Nahm Katrin eine Tüte ab.

Papa Forbrich winkte und wartete, bis wir hinter der Hecke verschwunden waren. Dann hörte ich das Quietschen der Haustür. Schweigend gingen wir zum Auto, ich schloss Katrin die Tür auf.

»Ich fahr dich nach Hause«, sagte ich und vermied es, sie dabei anzusehen.

»Ich dachte, ich könnte vielleicht noch mit zu dir kommen. Als Abschluss eines schönen Sonntags. Was für eine beschissene Idee, hier zum Kaffee rauszufahren!«

»Ich bin heute Abend eingeladen. Das habe ich dir doch erzählt.«

»Ach ja, bei deiner tollen Louise! Na ja, dann war es eben ein One-Night-Stand. Rigoletto ist sowieso schon eifersüchtig. Bieg jetzt rechts ein und dann die übernächste links. Ich bin eben doch nur eine Eule und nicht so schlau wie deine Frau Delbrouck!«

Sie hatte meine Einladung zu Louise nicht vergessen, nur gehofft, ich würde mich anders entscheiden. Ich spürte ihren Blick auf mir. Er machte mich traurig.

»Wir müssen miteinander reden«, sagte ich, »aber in Ruhe.«

»Ich weiß schon, was du mir sagen willst. Ich bin nicht doof. Wir müssen nicht darüber reden. Du kannst mich bei mir zu Hause absetzen. Und dann sehen wir uns ganz einfach nie wieder.«

»Bis auf die Teamsitzungen im Frauenzentrum, wenn es gerade mal wieder um Finanzen geht. Bis auf die Eröffnung eurer neuen Zufluchtswohnungen, zu der Claudia mich eingeladen hat, und zufälligen Treffen in irgendwelchen Bars. Ich finde es seit Jahren nicht mehr lustig, bei jeder Gelegenheit irgendeiner Frau aus dem Weg gehen zu müssen, wenn ich mich mal amüsieren will. Keine Leichen im Keller! Außerdem hab ich genug von der allgemeinen Schweigerei. Katrin, bitte, das bin gar nicht ich, in die du dich da verliebt hast. Du willst mich als jemand sehen, der ich gar nicht bin. Du meinst mich gar nicht, sondern ... ich weiß nicht ... Ich rufe dich an, und wir treffen uns. Zu einem Tee mit Rumkandis, ja?«

Sie schwieg den ganzen, langen Weg durch die Stadt, bis wir vor ihrer Haustür standen.

»Danke fürs Bringen. Ich habe mich übrigens entschlossen, zur Polizei zu gehen und ihnen von der Vergewaltigung zu erzählen. Vielleicht bringt das ja Bewegung in den Fall.«

Ich versuchte, sie in den Arm zu nehmen, was in solchen Fällen immer das Falsche ist. Es ist eine paradoxe Tatsache, dass Zärtlichkeit mitunter nichts hilft und nicht greift, wenn die Assoziationslinie: Körper bedeutet Wärme, ist Trost, durchtrennt ist.

Aber vielleicht war ich im Moment nur die falsche Person für Trost.

Sie entwand sich mir und verschwand ohne einen Blick zurück. Mit ihren viel zu großen Schritten und den schlaksigen Gliedern. Das letzte, was ich sah, ehe die Haustür hinter ihr zufiel, waren ihre Krissellocken. Dann fuhr ich nach Hause, weg vom ehemaligen Grenzgebiet.

Ich war gar nicht sicher, dass das, was ich spürte, Traurigkeit war. Aus Konventionsgründen hatte ich beschlossen, mich traurig zu fühlen.

In Wirklichkeit war ich vielleicht ganz zufrieden.

Mit einer Tasse Tee mit Rumkandis in der Hand – ich lernte bei jeder Geliebten etwas dazu – saß ich da, spürte Forbrichs leisen, schicksalsergebenen Schmerz, kostete die Tragik des Verlassenwerdens aus, bis ich das Pathos meiner Gefühlsregungen nicht mehr ertrug und zugab, erleichtert zu sein.

Forbrich würde enttäuscht sein, der liebende Vater. Er hatte mich schon als Schwiegertochter einsortiert. Als eine, die gut war im Zuhören, seine Tochter aufheitern würde und Erdbeermarmelade aß. Der nur das Beste wollte für seine Tochter. Der rauben, morden und brandschatzen würde für sie, Meineide schwören, Nutella schmuggeln und im Palast der Republik auf den Fußboden pinkeln.

Und dann hörte ich in meinem Kopf das pfennigweise Rieseln eines Groschens.

Rauben, morden und brandschatzen! Woher wusste er so *en detail* über den Zustand der Wohnung Bescheid? Woher kannte er Hans-Jochen Busch so genau?

Am meisten Angst habe ich um meine Tochter, dass eines Tages wieder etwas geschieht und ich alles verliere, was mir wertvoll ist … Der sanfte Forbrich und seine großen Hände.

Ich würde morgen wohl noch mal zu Schwiegerpapa nach Grünau fahren müssen.

Nach dieser Erkenntnis stand ich lange vor meinem Schuhschrank. Entschied mich für das Raffinierteste, was ich an Fußbekleidung besitze. Stiefeletten mit kleinem Absatz, anthrazitfarbenes Wildleder. Auf dem Rist in viele kleine Fältchen und Kräuselchen gelegt, zusammengehalten von unsichtbaren Gummizügen. Der Clou war je ein dicker runder Silberknopf an der Außenseite jeden Schuhs. Das war so elegant wie unmissverständlich undamenhaft. Die psychische Verfassung, die ich zum Flirten brauche, und die Entschlossenheit von Modesty Blaise. Es war Zeit, die Sache mit Louise auf den Punkt zu bringen.

Dazu Hose und Jacke im Smokingstil, mit weißem Rollkragenpullover. Ich sah verliebt in meinen Flurspiegel. Wenn ich mich so auf einer Vernissage getroffen hätte, hätte ich mich sofort zum Sekt eingeladen.

Louises Bruder hatte auch Stufen vor seinem Haus und im Hausflur roten Teppich und Stuck. Das Stimmengewirr war schon vom Parterre aus zu hören, und ich ließ mich davon bis zu der angelehnten Wohnungstür im ersten Stock tragen. Ich trat in einen Flur mit Beletage-Holzfußboden und wollenen Läufern in Pastellfarben, auf denen viele Leute herumstanden.

Da kam Louise auf mich zu, mit einem leeren Sektglas und einer ultralangen Zigarette in der Hand. Als sie mich sah, fing sie an zu strahlen, so voller Offenheit und Unschuld, dass ich nicht anders konnte, als auch zu lächeln und zu strahlen und den bösen, dunklen, blutigen Mord in die hinterste Ecke meines Kopflabyrinths zu verbannen.

»Wie schön, dich zu sehen! So bekommt dieser überschattete Abend doch noch ein bisschen Glanz, wenigstens für mich. Leg ab. Ich hole dir Sekt, ja?«

Sie führte mich in ein großes Berliner Zimmer mit Parkettboden, das bis auf ein Sofa und zwei kleine Tischchen unmöbliert war. Dafür hing an den Wänden im hellen Licht vieler Spots eine

Unmenge von Bildern, Aquarelle und Öl. Versehen mit Titeln und unauffälligen Nummern. Welche sich auf den Listen wiederfanden, die auf den Tischen lagen. Die Preise trieben mir fast die Augen aus den Höhlen.

Die Ölbilder fielen für meinen Geschmack etwas zu sehr in die Kategorie *Tuntenbarock*, aber die Aquarelle gefielen mir, manche mit zartem, andere mit kräftigerem Pinselstrich, Menschen und Landschaften. Ich sah mir die Aquarelle und ihre Titel genauer an: *Mann ohne Hut*, eine Kreatur, die weder Hut noch Kopf, noch Füße zu haben schien, die sich mit ihrer oberen und unteren Hälfte irgendwo im Leeren verlief. Der *Mann mit Spiegel*, ein sorgfältig ausgeführter Männerakt, hatte Kopf und Beine, sogar einen venezianischen Schlapphut auf. Der Spiegel hinter ihm zeigte nur Skelett mit schlaffen Muskelfetzen, und der Schlapphut fiel löchrig und entkräftet über einen Totenschädel.

Die *Landschaft ohne Flügel* bestand aus hingeduckten, erdfarbenen Pinselstrichen, flache Sanddünen, endend an einem weißen Himmel. Flüchtige blaue und grüne Tupfer an der Horizontlinie zwischen Weiß und Braun. Der Himmel hatte das Meer aufgefressen, nur die Reste von Algenpfützen übriggelassen.

Auf jedem der Bilder fehlte etwas Wichtiges. Etwas, wonach Claude suchte und was er anscheinend nicht finden konnte. Kontur? Fleisch, um knöcherne Blöße zu bedecken?

Und das Meer.

Vielleicht waren die Ölbilder darum so hingebungsvoll aufgemotzt. Die vielen Schichten schmieriger Farbe, um das Fehlende zuzukleistern.

Louise reichte mir ein Glas Sekt.

»Santé«, sagte sie und blinkerte mich an. »Ach, schau, da ist Claude!«

Sie nahm mich beim Arm und führte mich zu einem Mann in schwarzen Lederhosen und einem weißen Hemd, der gerade ein paar Leute in den anderen Raum an die Sektbar schubste. Wieder

Hände schüttelte, wieder schubste. Seine Bilder an den Wänden schien er geflissentlich zu ignorieren. Verschiedene Leute sprachen ihn darauf an, deuteten auf das eine oder andere, dann sah er gleichgültig hin, machte eine erklärende Handbewegung. Danach glitt sein Blick wieder ins Leere, und er expedierte die Leute in Richtung Alkohol. Auch er pfeffer-und-salz-farben und Louise wie aus dem Gesicht geschnitten.

»Deborah, das ist mein kleiner Bruder Claude, der Schöpfer all dieser echten *Delbroucks*. Claude, darf ich dir Deborah vorstellen? Eine ganz besondere Freundin!«

Ganz besondere Freundin? Huiuiui!

Ich drückte Claude die Hand. Eine kühle Hand mit kräftigem Händedruck. Claude sah erschöpft aus, blass, mit tiefen Ringen unter den ebenfalls veilchenfarbenen Augen. Sie flackerten wie Gasbeleuchtung. Er machte den Eindruck, als ob er mühsam die Fassung wahrte. Sah mich kaum an.

Ich wollte gerade etwas Kunstsinniges über seine Bilder sagen, da kamen zwei junge Männer auf ihn zu, beide in Seidenhemden und engsitzenden schwarzen Jeans, und umarmten ihn mit Küsschen hier und Küsschen da, dass die Ringlein in den Ohrläppchen klimperten.

»Claude, mein Lieber!«, quietschte der Blonde. »Ich freue mich so, dich zu sehen! Mein Gott, du Armer! Und du bist so gefasst! So tapfer! Eine schreckliche Geschichte! Haaach, und deine ganzen tollen Bilder!«

Und der Dunkelhaarige fügte hinzu: »Wir haben's gar nicht glauben wollen, als wir's in der Zeitung lasen. Der arme Kerl, er hat doch nie jemand was getan!«

Claude murmelte mit einem Seitenblick auf mich etwas von: »Schon gut, nun geht mal an die Bar, Kinder, und schwatzt nicht so viel!« Er schob sie, wie schon die Leute zuvor, in Richtung einer Flügeltür, hinter der wohl der kulinarische Teil der Ausstellungseröffnung zu besichtigen war.

»Tunten sind solche Quasselstrippen«, murmelte er seinem

Männerakt zu, doch der behielt sein undurchdringliches Gesicht, zog nur den Hut etwas tiefer.

»Komm«, sagte Louise, »wir suchen uns ein ruhiges Eckchen zum Reden! Ich habe so gar keine Lust auf all die Leute heute Abend. Ich bin hier nur die Schwester. Gefallen dir die Bilder?«

»Nicht alle«, sagte ich ehrlicherweise.

Sie klaute eine Flasche Moët von der Bar und führte mich in einen kleinen Raum mit Dielenfußboden, in dem ein paar tiefe Sessel herumstanden.

»Das Musikzimmer«, sagte sie und deutete auf ein paar Boxen, die auch für die Kongresshalle gereicht hätten.

Wir ließen uns in die Sessel fallen.

»Was meinte denn der Blonde vorhin? Was ist denn mit Claude?«, fragte ich. »Du hast letztens schon so was angedeutet.«

Ein deutlicher Griff nach heißen Eisen. Ich sah es an ihrem Blick.

»Na ja, so klug, wie du bist, kriegst du's ja doch raus, auch wenn ich nichts erzähle. Obwohl ich es besser nicht so viel herumtratschen sollte. Das könnte ihm schaden. Aber schließlich betrachte ich dich als loyale Freundin.«

»Ich schweige wie ein Mausoleum!«, nickte ich.

Loyal bis ins Grab.

»Claudes Freund, sein Lover meine ich, ist vor zwei Tagen umgebracht worden.«

»Es ist dieser Schuhladentycoon, nicht wahr? Alexander Heppler?«, fragte ich, plötzlich erleuchtet und wieder im Hinterhalt liegend. »Deshalb hast du mich bei unserem Spaziergang so auflaufen lassen!«

Louise hatte schmale Augen.

»Ja, Alexander! Gott sei Dank konnte Claude sich bis jetzt raushalten. Er ist nicht einmal von der Polizei verhört worden. Wahrscheinlich wissen sie gar nichts von seiner Beziehung zu Alexander. Das ist wohl die glänzende Seite der Münze *Ver-*

steckspiel. Alexander war sehr diskret in dieser Hinsicht, und er gehörte zuerst zu meinem Freundeskreis, bevor Claude ihn auftat. Ich habe mit Alexander immer wieder über das Thema gestritten, diese Heimlichtuerei, aber nun kann Claude von Glück sagen ...«

Ich spürte, wie sich meine Schläfen kräuselten. Da war die Verbindung zwischen Alexander und ihr. Sie sprach es selbst aus. Was immer noch fehlte, war das Motiv. War sie nicht misstrauisch, dass ich sie aushorchte? Weil ich immer wieder nachfragte, Sachverhalte miteinander verknüpfte, die sie lieber lose gelassen hätte.

»Was ist denn, Deborah?«, fragte sie verunsichert.

»Einen Moment.« Ich stand auf und drängte mich durch zur Garderobe.

In meiner Jackentasche steckte immer noch das Brillenetui. Ich nahm es heraus, schob es in meine Smokingtasche. Das war bestimmt nicht der richtige Moment, um eine Mörderin zu überführen, aber ich konnte nicht anders. Ich hasste dieses Frau-Dr.-Jekyll-und-Mrs.-Hyde-Spiel.

Ich setzte mich wieder neben Louise, sah ihr ins Gesicht und bemerkte wieder einmal, dass sie hinreißende blaue Augen hatte. Forschende, unruhige Veilchen. Doch es half nichts, Sentimentalität war nicht angesagt.

»Ich bin wirklich eine gute Portemonnaiefinderin«, sagte ich leise, »und bei Brillenetuis bin ich auch nicht schlecht.«

Sie wurde blass, als ich es aus der Tasche holte.

»Deborah! Du hast mein Brillenetui«, flüsterte sie.

»Weißt du, wo du's verloren hast?«

»Ja, sicher!«

Ganz ruhig, Deborah!

»Ich war in der Suarezstraße, nachdem ich mich an die Adresse in deinem Portemonnaie erinnert hatte. Habe die Hauswartsfrau ausgehorcht und mir ihre Schlüssel ausgeliehen.«

Wieder nickte sie: »Ich hatte anfangs vermutet, dass dir der

Zettel aufgefallen war. Doch du wirktest so … so nichtsahnend.«

»Da hatte ich auch noch keine Zeitungen gelesen. Auf dem Weg zum Auto fiel mir dann die Schlagzeile ins Auge.«

Louise funkelte mich mit ihren Blauaugen an.

»Und dann habe ich mich an das Blut auf deinem Schuh erinnert. Am Abend zuvor. Verdammt! Ich habe dich nicht erst in dem Teesalon gesehen, sondern schon auf der Straße. Ich bin dir nachgegangen, weil ich deine Schuhe so klasse fand und weil du mich interessiert hast.«

Sie senkte den Kopf: »Ein etwas zweifelhaftes Motiv!«

Ich beugte mich vor, versuchte, ihr ins Gesicht zu sehen: »Louise, warum hast du Alexander Heppler umgebracht?«

Sie sah mich in höchster Panik an.

»Ich habe ihn nicht … Du glaubst, ich hätte … ja aber natürlich musst du jetzt denken, dass ich …« Sie sprang auf, donnerte die Tür gegen die Wand und war verschwunden.

Ich krabbelte aus meinem Sessel, an der Tür wäre ich fast mit Claude zusammengestoßen, der aus dem Nichts dort auftauchte; rannte Louise hinterher, durch den Ausstellungsraum, in den vorderen Flur, sah noch, wie sie ihren Mantel vom Haken riss und zur Tür hinauslief; Göttin, diese Frau hatte Flügelschuhe an den Füßen. Einige Leute sahen mich verwundert und neugierig an. Hi, Leute, ich hab ihr nur eben ’nen unsittlichen Antrag gemacht, keine Panik! Betont harmlos schlenderte ich an die Bar und ließ mir noch einen Sekt geben, unschlüssig, was ich tun sollte. Die Polizei rufen? Aufgrund welcher Beweise? Auf gut Glück zu Louise fahren? Wer weiß, ob sie überhaupt nach Hause gefahren war.

Mit Claude reden? Claude sah nicht aus wie jemand, mit dem ich reden wollte. Heppler war also sein Liebhaber gewesen. Und mit Louise befreundet. Doch wo lag ihr Motiv? Wenn nicht Claude selbst …! Wenn sie nicht zusammen …! Das würde Brillenetui und Absatzsohle in einem Aufwasch erklären.

Oh, Scheiße, ich wollte mit dieser ganzen Geschichte nichts mehr zu tun haben. Also gut, ich würde das Glas leer trinken, aufs Klo gehen und nach Hause fahren. Endlich Ruhe, keine wie immer gearteten Leichen mehr! Ich bewegte mich den mit Sisal ausgelegten Flur hinunter, am Musikzimmer und an der Küche vorbei, in die Richtung, in der in den meisten Berliner Altbauwohnungen ein Klo zu finden ist. Auf einer kleinen Konsole aus fein gemasertem Holz in einer Nische deplazierte ich mein Sektglas. Hinter der Konsole steckte, zwischen Holz und Wand geklemmt und quasi unsichtbar, ein Paar schwarzer Herrenschuhe, Marke Ferragamo, an den Sohlen völlig schmutzverkrustet und klebrig. Als ich näher hinsah, war es Blut, und am rechten Schuh fehlte die Absatzsohle. Ach, sieh mal einer an! Eine schmutzverklebte Absatzsohle, wie ich sie in einer kleinen Plastiktüte in meiner Jackentasche im Flur hatte.

Plötzlich wieder im Jagdfieber, schlich ich mich zur Garderobe, zückte zum zweiten Mal an diesem Abend ein Corpus delicti, lustwandelte zurück zur Nische und zog die Schuhe heraus. Natürlich passte die Sohle. Und die Schuhe würden zweifellos Claude passen, ohne Zehen oder Ferse abzuschneiden. Ein sauberes Pärchen, Louise und ihr Bruder und ihre hämoglobinverklebten Fußbekleidungen!

Ich richtete mich auf und sah Claude Delbrouck direkt ins Gesicht. Als er jetzt aus der Küchentür kam, wirkte er keineswegs erschöpft.

»Sie! Deborah war Ihr Name, nicht? Warum ist Louise vor Ihnen davongelaufen?«, fragte er, als er vor mir stand. Drohend! Mit Oberarmmuskeln, die sich unter dem Hemd spannten. Vielleicht war er nicht nur Maler, sondern auch Bildhauer.

Steinmetz!

»Keine Ahnung!«, sagte ich mit Schafsblick.

»Reden Sie doch kein dummes Zeug«, blaffte er. »Sie saßen mit ihr im Musikzimmer. Sie haben Louise ein Brillenetui gezeigt. Der Farbe nach zu urteilen, gehörte es ihr. Meine Schwester mit ihrem Graurotfimmel. Warum ist sie davongelaufen? Wie kamen Sie an dieses Brillenetui?«

»Ich habe es ihr wiedergebracht. Sie hatte es vergessen, und ich habe es gefunden.«

Er sah auf die Absatzsohle in meiner Hand. »Haben Sie die Sohle auch da gefunden, wo Sie das Etui herhaben?«

Ich sah ihm starr in die Augen. Noch schöner, seinem Blick auszuweichen.

Über sein Gesicht huschte etwas wie Verstehen, huschten viele kleine Blitze des Verstehens, und den Widerhall des dazugehörigen Donners hörte ich in meinem eigenen Kopf.

»Ich hatte mich schon gewundert, warum die Tür sperrangelweit offenstand. Vor allem eine Tür, die ich gar nicht benutzt habe. Louise war wohl ein bisschen panisch.«

Die Bedeutung dieses Satzes, kryptisch für Nichteingeweihte, ging mir augenblicklich auf.

Er griff nach der Schuhsohle, ich zog sie weg, er schnappte nach meiner Hand wie ein Boxerhund. Im selben Moment kamen Leute aus der Küche, der Blonde und der Dunkelhaarige von vorhin, die riefen: »Ach, daaa bist du, Claude!«

Er wandte einen Moment lang den Kopf, und diese Sekunde reichte mir, um mich an ihm und den Jungs vorbeizudrängen.

Angst verleiht Flügel? Nun war ich es, die die Jacke vom Haken riss und mit Siebenmeilenstiefeln die Treppe hinunterrannte. Ich war noch nicht weit, da hörte ich Claudes Gepolter hinter mir.

»Bleiben Sie stehen!«, schrie er. »Himmelarsch, bleiben Sie stehen!«

Den Teufel würde ich tun!

Ich nahm zwei Stufen auf einmal, aber das tat er wahrscheinlich auch. Wenn ich erst auf der Straße war, konnte er mich nicht mehr so einfach angreifen.

Wenn da Passanten waren, um diese Uhrzeit!

Und wenn sie nicht wegsahen!

Denn wenn ein Mann eine Frau wegschleift, dann ist das ja fast immer Beziehungsstress, und der geht niemanden etwas an.

Ich nahm die letzten Stufen im Blindflug, riss die Haustür auf, rannte auf die Straße; um die nächste Straßenecke in die Eckkneipe und aufs Frauenklo.

Es dauerte eine Weile, bis ich mich in den Kneipenraum zurücktraute. Von Claude war nichts zu sehen.

Ich spielte mit dem Gedanken an ein Bier, aber das Ambiente war so wenig ermunternd, dass ich es ließ.

Auch auf der Straße keine Spur von Claude dem Dolchschwinger.

Ich stieg in mein Auto und fuhr nach Hause. Forbrich konnte warten. An diesem Abend war ich wahrhaftig schon auf ein paar Rillen zu viel getreten. Wieder einmal dachte ich über die Entsorgung meines kriminellen Sondermülls nach.

Dann war ich auf dem besten Wege in die Badewanne, da klingelte das Telefon. Irgendetwas sagte mir, es sei besser, dieses Klingeln nicht zu überhören.

Ich meldete mich und hörte ein erleichtertes Aufseufzen.

»Hier ist Louise.«

Kletten waren leichter abzuschütteln.

»Deborah, ich weiß, es ist spät und ich habe mich vorhin schlecht benommen, aber ich habe solche Angst! Könntest du herüberkommen?«

Sie hatte Hysterie in der Stimme. Oder war das ein Trick?

»Herüberkommen? Was ist denn los, Louise?«

»Claude! Er hat gerade angerufen. Er will gleich hier sein. Er sagt, er hätte etwas mit mir zu regeln. Er hätte mit dir geredet, und da seien ihm ein paar Kronleuchter aufgegangen. Deborah, was hast du ihm erzählt?«

»Dass ich dein Brillenetui gefunden habe. Ich hab nicht gesagt, wo. Dann hat er mich gefragt, ob ich seine Absatzsohle an demselben Ort gefunden hätte?«

»Seine Absatzsohle?«

»Ich habe in der Suarezstraße im Hausflur eine Absatzsohle gefunden. Und in Claudes Wohnung die dazu passenden Schuhe. Dabei hat er mich erwischt. Er sagte, nun könne er sich auch erklären, warum die Tür zum Hof offenstand, die er doch gar nicht benutzt hätte. Und du seiest wohl ein bisschen panisch gewesen.«

Ich hörte sie aufstöhnen.

»Also weiß er, dass ich diejenige war!«

Jetzt blickte ich überhaupt nicht mehr durch; wusste nicht mehr, wen ich zuerst verdächtigen sollte. Louise wimmerte leise.

»Diejenige was, Louise?«

»Die ihn am Tatort gesehen hat. Deborah, ich habe gesehen, wie er Alexander erstochen hat. Ich war in der Toilette hinter der Tür. Er stand ganz harmlos hinter ihm, hatte ihm die Hände auf die Schultern gelegt und dann ... und jetzt kommt er hierher.«

»Warum lässt du ihn rein?«

»Er hat einen Schlüssel zum Blumengießen.«

Ja, die liebe Verwandtschaft!

Ich schwankte zwischen Angst um Louise und absolutem Widerwillen. Deborah als braver Bernhardiner mit einem Schnapsfässchen um den Hals. Dieses Schmierenschauspiel! Und warum glaubte ich ihr überhaupt?

Weil Claude recht überzeugend gewirkt hatte.

»Louise, du musst die Polizei anrufen!«

»Nein, nicht die Polizei!«

»Warum nicht?«

»Das kann ich dir am Telefon nicht sagen. Bitte, Deborah, komm!«

»Ich sitze in der Badewanne. Es dauert zu lange, bis ich mich angezogen habe.« (Ausflucht, Schwindel!) »Außerdem bin ich nicht Stoner McTavish, die für ihre Angebetete mit Freuden Kopf und Kragen riskiert!«

Endlich ein deutliches Wort! Ob sie überhaupt wusste, wer Stoner McTavish war? Aber sie ging nicht darauf ein, sagte nur noch einmal: »Bitte, Deborah!« In dieser besonderen Art, meinen Namen auszusprechen. Da wurde ich weich.

Eine Viertelstunde später stand ich im Killerdress vor ihrem Haus und klingelte. In der Hand hatte ich eine Rohrzange und mein Funktelefon. Falls wir uns doch noch dazu durchringen konnten, die Bullen anzurufen und die Schnur nicht bis unter den Kleiderschrank reichte, wohin ich mich beim ersten Anzeichen von Gefahr verkrümeln würde.

»Ja?«, quäkte der Lautsprecher.

»Zweiter Stock, links, ich weiß, Sweetheart!«, quäkte ich zurück.

Sie drückte auf den Summer.

Die Dame im zweiten Stock links sah aus, als wollte sie mir unverrichteter Dinge ohnmächtig in die Arme sinken, was mir gar nicht recht war. Ich hasse es, den Kerl spielen zu müssen, Rohrzange hin oder her.

»Zieh dir andere Schuhe an!«, sagte ich mit Blick auf die Abendpumps, die sie immer noch trug. »Sonst war der ganze Karatekurs für die Katz.«

Sie schlüpfte folgsam in ein Paar Joggingschuhe, die noch nie eine Laufstrecke von nahem gesehen hatten.

»Eine Rohrzange?«, fragte sie.

»Jawohl! Ich hatte nichts Schwereres«, sagte ich, schloss die Tür und zog sie ins Wohnzimmer.

»Weißt du, was er vorhat?«

»Ich hab Angst, dass er mich umbringt.«

»Warum rufst du nicht die Polizei?«

»Weil ich Claude die Gelegenheit geben will, sich selbst zu stellen.«

Nur ein Barbara-Cartland-geschädigtes Gehirn konnte so einen Blödsinn produzieren.

»So ein Quatsch, Louise!«

»Und weil sie mich dann fragen werden, warum ich in Alexanders Lagerräumen war!«

Da kamen wir der Sache schon näher.

»Und warum warst du da?«

»Ich habe die Papiere gesucht, mit denen er mich erpresst hat. Steuerhinterziehung, illegale Goldtransporte von Afrika nach Italien und über die Schweiz nach Berlin. In italienischen Schuhkartons mit kleinem Umweg am Zoll vorbei. Nach Berlin und über einen Mittelsmann in Dresden saubergewaschen. Ist nie aufgeflogen, bis es Claude seinem heißgeliebten Alexander in einer schwachen Stunde erzählt hat. Claude ist ein paarmal den Transporter gefahren, deshalb wusste er davon. Und einmal haben wir die Kartons in Alexanders Keller zwischengelagert. Und Alexander, dieses dumme Arschloch, hat sich von dem Schweizer Mittelsmann eine eidesstattliche Erklärung beschafft, dass die Transporte stattgefunden haben. Ich konnte sein dummes Gesicht nie leiden. So ein gönnerhafter Typ. Aber Claude war ihm ja geradezu hörig. In der Schweiz sind diese Transporte kein Vergehen. Nur in Deutschland, wenn das Gold dann nicht versteuert wird. Der Mittelsmann hatte nichts zu befürchten, obwohl er sich schon vorher vor Nervosität fast in die Hose gemacht hat. Der Typ war sozusagen die Sollbruchstelle des Ganzen, und Alexander hat sie geknackt.«

Ich pfiff durch die Zähne: »Wie viel?«

»Vielleicht Achthunderttausend! Vielleicht mehr!«

»Sie steigen in meiner Achtung, gnädige Frau!«, sagte ich.

»Na ja, deswegen war ich ja jetzt auch in Zürich. Ich musste den nächsten Transport abblasen und den Kontaktpersonen in Dresden Bescheid geben. Wegen des Mordes war das jetzt alles zu gefährlich geworden. Entschuldige, Deborah, ich weiß, du bist Steuerberaterin!«

Spuren verwischen nannte man das. Na ja, wenn's in der Schweiz legal war. Gepriesen sei die neutrale und demokratische Schweiz.

»Und warum hat Claude Alexander umgebracht? Wegen der Erpressung?«

»Ich weiß es nicht! Wie er mit dem Messer auf Alexander ... Er ist sonst so ein sanfter Mensch, manchmal ein bisschen naiv allerdings«, sagte sie kläglich.

»Und deshalb sitzen wir jetzt auch hier und zittern vor ihm. Wirklich ein sanftes Lämmchen! Was machen wir denn, wenn er jetzt kommt?«

»Ich werde ihm sagen, dass ich ihn nicht verrate. Schweigen gegen Schweigen. Schließlich hänge ich ja auch mit drin. Und er ist doch mein Bruder.«

»Ein Mord ist was anderes als ein Steuervergehen, Louise.«

»Knast ist Knast! Bei diesen Summen!«

Wohl wahr. Da hörten wir ihn die Tür aufsperren.

»Schnell, versteck dich im Schlafzimmer. Er soll nicht wissen, dass du hier bist!«

So stand ich also mit einer Rohrzange und einem Funktelefon in Louises Schlafzimmer, einem Ort mit flauschigem weißen Teppichboden, den ich lieber unter anderen Umständen kennengelernt hätte.

»Deine Freundin, die Schnüfflerin, hat mir ein paar interessante Hinweise gegeben!«, eröffnete Claude das Duell.

Claude der Dolchschwinger trug Handschuhe, wie ich durch den Türspalt bemerkte.

Keine Fingerabdrücke!

Louises Turnschuhe sahen zu dem grauen schlichten Abendkleid mehr als unpassend aus. Ich kicherte, ebenfalls der Situation nicht angemessen, in meine Lederjacke hinein. Das Absurde dramatischer Situationen. Doch die da draußen kamen jetzt zur Sache. Ich schob die Tür noch einen Zentimeter weiter zu.

»Schweigen gegen Schweigen, du hast wohl einen Knall, Louise! Was sind denn das für romantische Ideen! Meinst du, ich will mein Leben lang Angst haben, dass du mich verpfeifst, wenn ich mal nicht für dich springe? Ich bin schon zu viel für dich gesprungen, meine Liebe. Claude, tu dies, tu jenes. Der liebe kleine Bruder Claude! Ich lasse mich nicht mehr erpressen und auch nicht mehr ducken.«

»Für das viele Geld, das ich dir gebe, ist es wohl nicht zu viel verlangt, wenn du mir ab und zu einen Gefallen tust! Wer bezahlt denn deine Wohnung, deine Klamotten, deine Segeltörns, du Yuppieverschnitt! Für das, was du an deinen Bildern verdienst, kannst du dir doch höchstens ein Jahresabo Margarinestullen kaufen. Null Geschäftssinn, mein Kleiner. Deine Vernissagen sind ja auch nur dazu da, all deine süßen, kleinen Jungs mit Alkohl abzufüllen. Gekauft hat von denen doch noch nie jemand was. Und ich bin diejenige, die den ganzen Krempel bezahlt.«

»Du weißt, dass meine Bilder gut sind!«

»Das steht doch überhaupt nicht zur Debatte, da du ganz deutlich erkennbar nicht davon leben kannst!«

»Das nützt dir jetzt auch nichts mehr, Louise. Es ist zu viel passiert. Es geht gar nicht mehr um Geld. Du warst zur falschen Zeit am falschen Ort.«

»Danke, ebenfalls«, sagte sie tapfer, aber ich hörte das Zittern in ihrer Stimme.

»Das macht nichts, weil die Polizei davon keine Ahnung hat. Sie werden dich mit einem Messer im Bauch und einem Abschiedsbrief in der Tasche auffinden. Du konntest mit der Schuld nicht leben, Alexander umgebracht zu haben, nachdem er dich wegen Steuerhinterziehung erpresst hatte. Kommt der Wahrheit doch recht nahe, oder? Ich kann der Polizei dann auch zur rechten Zeit ein paar Tipps geben.«

»Du mieser, kleiner Stinkstiefel!«

»Und deine Freundin mit dem klugen Kopf erwische ich auch noch. Irgendwo hast du bestimmt ihre Adresse rumliegen. Die konnte mit dem Verlust nicht leben, weil sie so an dir gehangen hat. Geht mir ja auch so, aber ich bin nicht so suizidgefährdet!«

»Du Aas!«

»Aber ja«, sagte er liebevoll.

Dann ging er auf sie zu mit seinen behandschuhten Händen. Seine Füße in italienischen Schühchen schrubbten leise über das Parkett. Schon wieder Ferragamo! Suchte er seine Schuhe eigentlich selbst aus, oder war sie dafür zuständig? Oder der verblichene Alexander?

Louise wich vor ihm zurück, und ich hoffte inständig, dass irgendjemand sagte: »Klappe, wir haben die Einstellung im Kasten. Danke, Kinder, Schluss für heute!« Als sich nichts dergleichen tat, sah ich ein, dass ich nicht in einen amerikanischen Soap-Streifen geraten war und dringend etwas tun musste.

Die Rohrzange war bestimmt wirksam, aber nur im Überraschungsangriff. Und Claude stand unglücklicherweise mitten im Raum mit dem Gesicht zur Schlafzimmertür. Ich wollte nicht riskieren, das Ding selbst über den Schädel zu kriegen.

Leise ging er immer weiter auf Louise zu, und sie wich Schritt für Schritt zurück in Richtung Schlafzimmer. Sie hatte die rechte Hand auf dem Rücken, und da sah ich, wie sie mir damit zuwinkte. Sie meinte die Rohrzange! Die Killerrohrzange! Sie wollte ihm damit eins überbraten.

»Es nützt dir nichts, Louise«, sagte Clause lauernd. »Wenn du dich im Schlafzimmer einschließt, trete ich die Tür ein. Aber wenn du lieber im Bett sterben willst, bitte. Hat auch mehr Stil für einen Selbstmord. Dann muss ich dich eben finden und die Tür eingetreten haben, weil sie von innen verschlossen war.«

Plötzlich sah ich das Messer in seiner Hand. Dieser Kerl hatte wahrscheinlich eine ganze Sammlung davon! Louise stand jetzt unmittelbar vor der Schlafzimmertür. Den linken Arm hatte sie zur Abwehr erhoben, der rechte tastete unbeholfen nach dem Türspalt. Ich wagte nicht, ihr die Rohrzange zu geben! Wenn ich die Tür bewegte, wenn er mich dahinter bemerkte, waren wir wohl beide geliefert! Ich bin eine Arbeiterin des Geistes, intellektuell und keinen Sport ausübend, außer Verbrecherjagd.

Louise selbst bewegte die Tür, zog sie mit der Hand hinter ihrem Rücken langsam auf.

Er hatte wieder diesen Gaslaternenblick.

»Willst du nicht wie ein Mann in deinen Stiefeln sterben, Louise?«, fragte Claude mit einem dünnen Lächeln auf den Lippen.

»Ein reichlich dummer Spruch, Claude, und sexistisch dazu!«

Sie redete, um ihn zu beschäftigen.

»Wie ein Mann will ich ganz bestimmt nicht sterben und in Stiefeln auch nicht ...« Sie klang nach hohem Adrenalinspiegel und wedelte mit der Hand nach der Rohrzange.

Jetzt war die Tür halb offen, und ich drückte sie ihr mit tiefer, stiller Freude in die Hand.

»Und am liebsten will ich gar nicht sterben, du Affenarsch!«, schrie sie, drückte mit der Schulter die Tür beiseite. Er hob die Hand mit dem Messer, stach zu, ich sah das Finstere, Blutige in seinen Augen. Sie führte einen unglaublichen Schlag gegen seinen Arm, er schrie auf, ließ das Messer fallen, krümmte sich, hielt seine Hand, da ging sie auf ihn zu und verpasste ihm eine solche Ohrfeige, dass er verwirrt den Kopf schüttelte. Ein zweiter Schlag setzte ihn auf seinen Hintern.

»Du Miststück hast mir den Arm gebrochen!«, jaulte er.

»Sei froh, dass ich nicht gleich Hackbraten aus dir mache«, sagte sie und stand breitbeinig auf dem Parkett, noch wachsam und außerhalb seiner Reichweite, mit der Rohrzange in der Hand, wie Kali höchstpersönlich. In Abendkleid und Turnschuhen.

»Warum hast du Alexander umgebracht?«, fragte sie eisig.

»Eifersucht und Leidenschaft, mein Liebling. Er wollte mich verlassen, wegen irgend so einem kleinen Lustknaben. Es war im Affekt! Du weißt, ich hätte für Alexander alles getan.«

»Sehr informativ. Wenn du das Maul hältst wegen der Steuergeschichte, werde ich meine Aussage vielleicht dahingehend beschönigen, du Knaller! Ich habe übrigens die eidesstattliche Erklärung und alle anderen Papiere gefunden, mit denen Alexander mich erpresst hat. Sie sind weg, verbrannt!«

Claude versuchte, auf die Füße zu kommen, schrie aber laut auf, als Louise ihn an seiner verletzten Seite nach unten drückte und wieder aus seiner Reichweite trat.

»Er hat meine Bilder nicht gemocht«, winselte Claude, »hat sie *Claudes analer Schrebergartenersatz* genannt. Ich wollte Aktbilder von ihm malen, und als ich es ihm vorgeschlagen habe, hat er mich kleine, schwärmerische Kunstschwuchtel genannt. Immer wenn ich die Augen zumache, sehe ich sein herablassendes Lächeln vor mir.«

»Ruf die Bullen, Deborah«, sagte Louise, »und die sollen gleich einen Viehdoktor mitbringen!« Sie drehte sich nach mir um, lächelte mich an: »Ich brauche übrigens immer noch eine kompetente Steuerberaterin, Gnädigste! Stehen Sie zur Verfügung?«

Ich warf ihr eine Kusshand zu, dann wählte ich gehorsam Eins-Eins-Null.

Irgendwann überließ ich Claude und Louise ihrem geschwisterlichen Zwist und ihren familiären Formalitäten. Sie waren ja in sicheren, polizeilichen Händen. Ich hatte meine Aussage bereits gemacht, bewacht von Louises halb gebieterischen, halb flehentlichen Blicken, die Steuergeschichte aus dem Spiel zu lassen. Ich verabschiedete mich von meinem vernehmenden Freund und Helfer. Da ich nun wach und fit wie ein Turnschuh war, würde ich meinen kleinen Wahrheitsfindungsbesuch doch noch heute Nacht erledigen. Es passte auch besser ins Klischee. Nachts schleichen Mörder, und Katzen fangen ihre Mäuse.

»Ich hab noch was zu erledigen«, flüsterte ich Louise zu, die einem Zivilbeamten gerade mit dramatischer Geste sämtliche Vergehen ihres Bruders seit den Zeiten des Sandkastenalters erzählte. Claude saß inzwischen, den Arm von einem Bereitschaftsarzt notdürftig versorgt, einem anderen Beamten gegenüber, murmelte bleich, kleinlaut und geständig, so lange bis sein Anwalt eintraf, dann hielt er den Mund. Der Anwalt sah aus, als wollte er auf der Stelle auf gefährliche Körperverletzung mit Todesfolge plädieren. Auch Claude verlor über die Goldtransporte kein Wort. Denn schließlich hatte auch er den Lieferwagen gefahren. Außerdem sagte Louise gerade mit schwesterlicher Loyalität: »Alexander konnte einen ja manchmal bis aufs Messer reizen. Und er hatte dauernd irgendwelche Affären. Richtig provozierend!«

»Ich gehe jetzt, Louise!«, flüsterte ich noch einmal.

Sie hielt erstaunt inne: »Ich dachte, du würdest heute Nacht vielleicht ...«, sagte sie für polizeiliche Ohren fast unhörbar. Sie wurde ein wenig rot. »Entschuldigung«, wandte sie sich wieder dem Beamten zu, »wo waren wir stehen geblieben?«

»Ich rufe dich morgen an«, sagte ich und ließ meine Hand jene kleine Filmsekunde zu lange auf ihrer Schulter liegen. Diese Sekunde, die in alten Filmen immer geheime Vertrautheit, versteckte Sehnsüchte und zukünftige Verabredungen darstellt.

In Richtung Grünau wurde die Stadt immer stiller, die Zahl der Autos immer spärlicher. Ich fuhr vorbei an schäbigen, nächtlich verlassenen S-Bahn-Stationen, dann ein Stück Pseudolandstraße, dann holperte ich in die kopfsteingepflasterte Straße der Dreißigerjahre-Baufilzsiedlung hinein, die Clara-Zetkin-Straße hinunter und zu Forbrichs Haus.

Forbrich öffnete mir die Tür. Er war noch angezogen zu dieser späten Stunde. Sein Gesicht leuchtete wächsern in der gelben Außenbeleuchtung seiner Villa fürs kleine Beamtentum.

»Ach ... Deborah! Sie sind das! Ich dachte mir, dass Sie wiederkommen würden, ich hatte so ein Gefühl! Kommen Sie, ich will das nicht auf der Straße verhandeln. Wir sind eine geordnete Nachbarschaft.«

Er schloss sorgfältig die Tür.

»Sie haben mich heute Nachmittag durchschaut, nicht wahr?

Bei unserem Gespräch über Mörder und Morde. Das ist mir sehr recht. Ich habe heute Abend auf Sie gewartet. Sonst gehe ich früher zu Bett.«

»Nicht durchschaut«, sagte ich und trat auf den räudigen Flurteppich, »vielleicht erkannt. Irgendwann passte alles zusammen. Es macht mir im übrigen kein Vergnügen, falls Sie das damit meinen sollten.«

Aus der Küchentür fiel ein heller Lichtstrahl auf den Flur, beleuchtete jeden einzelnen Teppichfussel wie das biblische Flammenschwert die Sünden der Menschheit.

»Ich mache mir gerade einen chinesischen Tee. Wollen Sie einen mittrinken? Wenn Sie aber lieber gleich die Polizei rufen wollen, weil Sie Angst vor mir haben, hätte ich dafür Verständnis.«

»Warum sollte ich Angst vor Ihnen haben?«

Er krümmte die Hände und hielt mir mit theatralischer Geste seine Gruselfilmkrallen vors Gesicht. Aber als Mephisto war er eindeutig eine Fehlbesetzung.

»Schließlich bin ich doch ein Mörder!«

Fast hätte ich lachen müssen. Ich schob seine Hände weg und ging in die Küche.

»Machen Sie mir einen Tee. Mit Rumkandis! Und dann fahre ich wieder nach Hause. Ich habe kein Interesse daran, Sie zu verpfeifen, ich wollte nur wissen, ob ich richtig lag mit meiner Wahrnehmung. Mein persönliches Leiden an ungelösten Fragen. Daran, wer es war und wer es nicht war.«

Er sah mich fassungslos an, den dampfenden Wasserkessel in der Hand, stellte ihn wieder ab.

»Aber Deborah, ich war richtig froh, Sie vorhin an der Tür zu sehen. Die vergangenen Wochen waren so qualvoll! Ich wäre froh, wenn das alles vorbei wäre. Katrin hatte mir ja erzählt, dass sie von diesem Kerl, diesem Busch ..., aber ich habe nie gedacht, dem Vergewaltiger einmal persönlich zu begegnen, geschweige denn ... Er hatte unter anderem eine Bausanierungsfirma, und ich hatte ihn wegen des Schwamms in den Außenwänden konsultiert. Und dann … der Mann, das Büro, sein Benehmen, da hab ich es ihm auf den Kopf zugesagt. Und er hat nur gelacht.«

Er hatte die Hände fest ineinander verschränkt. So hielt die eine die andere, damit keine von ihnen davonlief und Leute ermordete.

»Und dann!«

Er nahm den dampfenden Wasserkessel und brühte den Tee auf.

»Ich wusste, dass die Frauenzufluchtswohnungen sich um die freien Räume in seinem Haus beworben hatten. Daraufhin habe ich mich unter falschem Namen auch um die Wohnung beworben, in der er gefunden wurde. Er arbeitete mit und ohne Makler, ganz wie's beliebte. Ich habe ihm dort aufgelauert. Mit meinem Wollschal. Aber so etwas tut man nicht ungestraft. Das bleibt einem haften. Auch wenn der Moment selbst … befriedigend war.«

Er sah ungläubig auf seine Hände. »Das darf man nicht, so etwas genießen.«

Ich setzte mich auf die Küchenbank, sah auf seine abgewetzten Hauspantoffeln.

»Wenn Sie unbedingt müssen, dann stellen Sie sich selbst. Aber überlegen Sie sich gut, ob es Ihnen wert ist, für dieses Schwein fünfzehn Jahre hinter Gitter zu gehen. Und ob Sie Katrin das antun wollen.«

Er goss den Tee ab, stellte zwei seiner hauchdünnen Tässchen auf den Tisch, das Glas mit dem Rumkandis daneben.

Setzte sich.

»Haben Sie eigentlich … wie sagt man ganz anachronistisch … haben Sie eigentlich ernste Absichten mit meiner Tochter?«

Ich glaubte, mich verhört zu haben.

»Zitieren Sie gerade aus *Kabale und Liebe* oder was? Ich fühle mich gerade wie *Deutsche Klassiker, leichtgemacht.*«

»Ach, Deborah, wie soll ich das denn ausdrücken? Ich bin nun einmal altmodisch. Ich habe keine heutigen Worte für solche Dinge.«

»Und stellen Gretchenfragen: Deborah, wie halten Sie's mit meiner Tochter?«

»Wenn Sie so wollen. Also: Wie halten Sie's mit meiner Tochter, Deborah? Sie hat mir erzählt, sie wäre sehr verliebt. In eine Frau. So wie bei ... waren das nicht Gertrude Stein und Alice B. Toklas? Ich bin nicht so gebildet, was das betrifft.«

Ach du große Göttin!

»Ich will mich von ihr trennen.« Der Tee war zu heiß zum Trinken. »Oder wie immer man das nennen soll.«

»Sie haben sich nicht wohl mit ihr gefühlt, heute Nachmittag, nicht?«

»Nein. Sie ist so schrecklich glücklich mit mir, und ich weiß gar nicht, woher dieses Glücksgefühl kommt. Ich bin zehn Jahre älter als sie, habe eine So-gut-wie-Affäre mit einer anderen Frau und bin ganz bestimmt nicht die Richtige für Ihre Tochter. Und ich fühle mich nicht halb so euphorisch in ihrer Nähe wie umgekehrt, manchmal komme ich mir wie der berüchtigte Eisblock vor. Diese Erwartungen, diese ungeheuren Sehnsüchte, das drückt mir die Luft ab. Sie meint mich gar nicht damit, Herr Forbrich, sie kann mich gar nicht meinen. Ich bin das nicht.«

»Ich glaube, manchmal ähnelt sie mir mehr, als sie selbst zugeben würde«, seufzte er. »Weiß sie es schon?«

»Ja. Ich habe es ihr auf dem Heimweg gesagt.«

»Und?«

»Erst mal scheint sie ganz gut damit klarzukommen. Zumindest gab es keine großen Szenen.«

»Wo ist sie jetzt?«

»Zu Hause, nehme ich an.«

»Kati wahrt in allem die Fassade. Nachdem meine Frau und ihre Schwester in den Westen gegangen waren, hat sie tagelang kaum geredet. Ich habe sie nie darüber weinen sehen. Es heißt nichts, wenn sie schlechte Nachrichten scheinbar gleichmütig aufnimmt.«

»Was heißt das?«

»Sie zeigt eben nicht, wie tief es sie trifft.«

»Es tut mir leid«, sagte ich, »ich bin da auch so reingerutscht. Ich lasse mich auch leicht zur Sehnsucht verführen.«

Dabei dachte ich an Louise.

»Was ist das Leben auch anderes als Sehnsüchte, Deborah? Sehen Sie, als Kind war ich begeistert von den Namen der Farben: Kobaltblau, Smaragdgrün, Umbra, Venedigrot. Das waren Sehnsüchte. Ich wollte Bilder malen und dann sagen: Ich habe Kobaltblau und Venedigrot dafür verwendet. Und alle würden nicken und verstehen, welche Verheißung darin lag. Und denken Sie an Caspar David Friedrich. Die ganze Epoche der Romantik besteht nur aus Sehnsucht und blauen Blumen.«

Er strich mit den Händen über die Tischplatte.

»Und dem Bösen, was im unauslotbaren Abgrund darunter lauert. Dem Bösen an sich und dem Bösen, das Menschen schaffen, die das Böse ausrotten wollen. Heute zeichne ich in Kohle und bin froh, wenn die Konturen auf dem Blatt einen Sinn ergeben.«

»Ich weiß nicht, ob es das wirklich gibt, das Gute und das Böse. Als Prinzip, meine ich. Vielleicht gibt es nur Interessenskonflikte.«

Endlich brannte mir der Tee kein Loch mehr in die Mundschleimhaut.

»Sehen Sie, damit sind Sie ungefähr zweihundert Jahre moderner als ich, sozusagen voll auf der Höhe des zwanzigsten Jahrhunderts. Aber ich glaube an die Existenz von Gut und Böse und komme mir dabei vor wie eine tragische Figur im klassischen Drama. Ich kann mich nicht gleichzeitig der Bestrafung stellen und meine Tochter schonen. Die Situation der klassischen Tragödie.«

Ich stützte den Kopf in die Hand.

»Sie sind müde, nicht?«

»Ziemlich. Ich hatte einen recht dynamischen Tag. Vielleicht ist es besser, nicht so sehr zu kokettieren mit dem tragischen Helden, Herr Forbrich. Tragische Helden neigen zu Kurzschlussreaktionen. Ich muss jetzt gehen, ich habe noch eine lange Rückfahrt vor mir.«

»Ich kann Ihnen ja wohl schlecht anbieten, im selben Haus mit einem Mörder zu nächtigen.«

»Jetzt kokettieren Sie schon wieder. Ich fahre jetzt wirklich nach Hause.«

»Auf Wiedersehen, vielleicht irgendwann«, sagte er, »es hat mich sehr gefreut.«

»Viel Glück!«, antwortete ich mit Nachdruck.

Es wurde schon hell draußen. Er begleitete mich zur Tür, gab mir die Hand. Dann fuhr ich wie Lucky Luke allein gegen die untergehenden Sonnen der Autoscheinwerfer.

Lucky Deborah.

MARTINA-MARIE LIERTZ

geboren 1962, studierte in Berlin Erwachsenenbildung sowie kreatives und therapeutisches Schreiben. Außerdem beschäftigte sie sich mit Theaterarbeit und Schauspielerei. In den USA absolvierte sie eine Weiterbildung in gestalttherapeutischer Tanztherapie.

In der Berliner Literatur- und Frauenkulturszene engagierte sie sich in den Neunzigerjahren in Autorinnengruppen, an Lesebühnen und bei Poetry Slams, Lesungen und der Moderation verschiedener Veranstaltungsformen, so auch in der Gruppe »Raum«, in Zusammenarbeit von Autorinnen und Musikerinnen. 1997 gewann sie den Bettina-von-Arnim-Preis (Kurzprosa) der Zeitschrift BRIGITTE.

Im Jahr 2015 zog sie nach München, wo sie unter anderem eine Gruppe für literarisches und kreatives Schreiben leitet.

Mehr CRiMiNA …

www.ulrike-helmer-verlag.de

Antje Wagner
SCHATTENGESICHT

174 Seiten. 978-3-89741-413-6

Mila und Polly – zwei junge Frauen, die auf der Flucht sind. Etwas Rätselhaftes, nicht Greifbares umgibt sie, mehr noch: Bedrohung. Warum ist der Tod ihr ständiger Begleiter?

Milas Freundschaft zu Polly reicht bis in die Kindheit zurück: Als Kind flüchtet sie sich ins »Halbreich«, wo sie unter einer Trauerweide am Waldsee schließlich eine Freundin findet. Selbst als Mila längst erwachsen ist, steht Polly ihr bei und unterstützt sie, auch wenn es um Ungerechtigkeiten oder Rache geht …

Eike Bornemann
ZEIT DER DIEBE

242 Seiten. 978-3-89741-388-7

Bianca, die alle nur Boi nennen, durchstreift mit ein paar Jungs das Potsdam der Nachwendezeit. Was die Clique um sie und ihren Bruder Sinon in Fabrikruinen und leeren Häusern findet, wird zu Geld gemacht. Bald helfen die Jugendlichen dem Zufall nach. Aus Entwurzelten werden professionelle Diebe. Als die Bande eines Nachts in einen Laden einsteigt, führt sie das in den Dunstkreis von Mord.